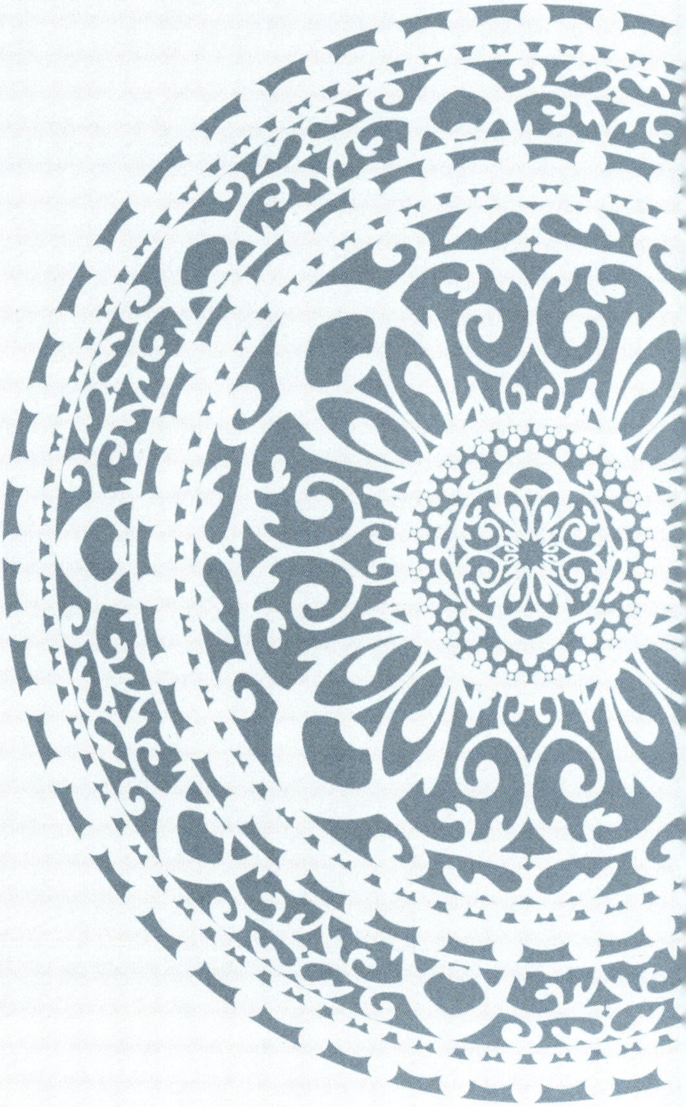

曠劫集

蘇警予・撰

同文書庫・厦門文獻系列　第三輯　伍

厦门大学出版社
XIAMEN UNIVERSITY PRESS
国家一级出版社
全国百佳图书出版单位

图书在版编目(CIP)数据

旷劫集/苏警予撰. —厦门:厦门大学出版社,2018.9
(同文书库. 厦门文献系列. 第三辑)
ISBN 978-7-5615-6989-4

Ⅰ. ①旷…　Ⅱ. ①苏…　Ⅲ. ①诗集—中国—现代　Ⅳ. ①I226

中国版本图书馆 CIP 数据核字(2018)第 196417 号

出 版 人　郑文礼
责任编辑　薛鹏志　章木良
封面设计　李嘉彬
技术编辑　朱　楷

出版发行　厦门大学出版社
社　　址　厦门市软件园二期望海路 39 号
邮政编码　361008
总 编 办　0592-2182177　0592-2181406(传真)
营销中心　0592-2184458　0592-2181365
网　　址　http://www.xmupress.com
邮　　箱　xmupress@126.com
印　　刷　厦门集大印刷厂

开本　787 mm×1 092 mm　1/16
印张　19.5
插页　4
字数　280 千字
版次　2018 年 9 月第 1 版
印次　2018 年 9 月第 1 次印刷
定价　240.00 元

厦门大学出版社
微信二维码

厦门大学出版社
微博二维码

苏警予（一八九四—一九六五），福建南安人，世居厦门。曾执教厦门同文书院、励志女校，兼任《思明日报》《江声报》《厦声商报》主笔，新民公社编辑。抗战爆发后往菲律宾，有诗集《菲岛杂诗》等。戊戌周旻

・蘇警予（國畫　周旻作）

目錄

前言

《曠劫集》是厦門近代名人、旅菲詩人蘇警予二十世紀四十年代詩作的結集，作者生前自編並手錄。卷前有自撰短識，對詩集作簡要説明：『此選自一九四一年迄一九四九年在菲所作者，計古近體詩三百五十五首，取定公「祇今曠劫重生後」之句，命曰「曠劫集」，顧名思義可以知已。』定公即龔自珍（號定庵），句出自他的《己亥雜詩》。是書在作者逝世十多年後，由旅菲詩友於二十世紀七十年代在菲律賓付梓影印。現收入『同文書庫·厦門文獻系列』第三輯，據厦門市圖書館藏本影印再版。

一、作者生平及相關詩事

蘇警予（一八九四—一九六五），名甦，字警予，别署二一菴，原籍福建南安，世居厦門。先後執教厦門競存小學、勵志女校和同文中學，兼任《思明日報》《江聲報》《厦聲商報》主筆，新民書社編輯。抗戰爆發後往菲律賓，任菲律賓華僑援助抗敵委員會專職秘書。蘇警予是南洋華人社會的著名詩人，己亥年（一九五九）倡組菲律賓詩社『籟社』，並任首届社長，有詩集多種。據《曠劫集》卷前軒昂撰《作者略歷》，其詩集在厦門出版者有《隨天付與盧甲子雜詩》《風片集》《陋巷吟》《島上集》等，在菲律賓出版者有《菲島雜詩》。

書中收錄謝雲聲撰《蘇警予先生傳記》，所述生平及相關詩事甚詳。現節錄如下：

老友蘇君警予，原名國治，後改名甦，字警予，籍福建南安，生於甲午年九月八日（一八九四年），三十歲左右，與予及虞愚，同居厦門廣平巷，垂二十年之久。其先世操計然術，其尊翁營首飾業於厦門，兄弟妹三人，蘇君居第二。其賦性狂放，嗜酒耽詩，每飲輒醉，醉則狂言驚四座，揮毫作詩。

少時就讀厦門鴻麓小學，旋升入福州農林學校。卒業後，執教競存、勵志、群惠等校，嗣轉任同文中學，時周墨史師任校長，予與陳丹初、鄧世熙、葉清華、楊文昭、曾玉林、謝逢源、陳國騶、陳覺夫、王伯吹、沈紫若、張文濤諸先生，均為同時同事。辛亥革命，閩省響應，蘇君服膺孫中山先生主義，參加同盟會，宣傳不遺餘力，首先剪辮，為一般厦友倡導，具見蘇君對國家民族觀念，對時代潮流興替，有遠大眼光也。

一代名詩家陳石遺老人，任厦門大學教授，以『野望』為題徵詩，蘇君竟獲首選，予為亞軍。蘇君不敢自滿，更努力詩學，詩境益進焉。一九二四年，與予合刊『甲子雜詩』，石遺老人一讀，大加獎飾，蘇君與予詩，均蒙其採入《石遺室詩話》正續集中，共垂不朽矣。越年，蘇君復與大醒法師、何達安、虞愚，暨予等五人，合刻《七月集》分贈海內外知交，互聯聲氣。

蘇君除詩酒外，尤好書畫。與予共徵求當代名人書畫扇面，達五百葉以上，其他大小件不計，以娛心目。友人過從，索取欣賞，蘇君雖在百忙中，絕不之拒。蓋性之所好，亦猶許子之不憚煩也。

當居廈時，與予共組東社，締交海內詩文友，數近百人，朝夕函牘往還，無不立復。其處事之謹，令人欽仰。參加菽莊吟社、鷺江詩社，每擊缽雅集，風雨無阻，未嘗不赴。蓋興之所之，非他人所及也。一九三〇年，白嘉祥先生營新民書社，特設編輯部，邀予與蘇君主持其事，出版書籍數十種，為吾華南鼓吹文化之先聲。蘇君之功，自不可沒。

曩者，蘇君齋名，曰隨天付與盧，取莊子鼠肝蟲臂，隨天付與之意。旅菲後，又號紅豆吟窩、長相思室、生春紅室。二菴之名，係取詩學龔定菴、書法劉石菴之意也。

一九六四年七十生日，徵集各方詩文書畫，達一百卷，擬刊行紀念。孰料集未付梓，而人琴已杳，痛何言哉！

遺著：有《唐人律詩之研究》《詩本事補》《食破硯齋談藝錄》《紅豆吟窩小品》《隨天付與盧詩文集》等。七七事變渡菲，歷任社團秘書，出版有《菲島雜詩》，油印有《己亥雜詩》《朝氣三十律》《鷺門名勝雜詠》，尚遺《曠劫集》《離憂集》《新生集》《吟望集》《聞雞集》《懷歸集》《待旦集》《稀齡集》《松泉高詠圖》《東坡生日詩詞彙集》等待印。

謝雲聲（一九〇七—一九六七），名龍文，字雲聲，以字行，福建晉江人，幼隨父遷居廈門，曾任廈門同文中學教員，抗戰爆發後旅居新加坡。著述甚多，有詩集多種。他是蘇警予的至交友執，既門巷相望，又同事一校，共創詩社，合刊詩集。此傳記作於一九六五年二月，所述傳主生平牽涉了民國年間廈門詩壇的諸多重要詩事，現略加申述。

蘇警予與謝雲聲合刊之『甲子雜詩』，即《隨天付與盧靈簫閣甲子雜詩合刊》，蘇詩集名《隨天付與廬甲子雜詩》，謝詩集名《靈簫閣甲子雜詩》，各收錄甲子年（一九二四）所作七言絕句五十首。作為『東社叢書第一種』，民國十五年（一九二六）十月由廈門文化印書館印行。作者在書後題識中稱：『吾人固不能詩，且亦不忍以詩自囿。壬戌秋，與諸友結東社研究文藝，海內騷壇寖與酬唱，吟詠一道始稍從事。然鮑家累句，觸緒紛來，一任散失，不自收拾。朋儕中有嗜痂之癖者，輒向索閱，苦無以應。惟甲子所作雜詩，略能記憶。乃各自刪訂，合刊百首，藉資攻錯，非敢以其詩之可存而存之也。』這段題識說明了他們從事吟詠和合刊詩集的緣起。《曠劫集》中有《自題〈隨天付與廬詩錄〉（並序）》一詩，亦自述其寫詩及錄存之經歷。詩云：『自我學作詩，行年十八歲。其時稿紛披，隨手輒散棄。少作不足觀，詞句多幼稚。編年詩自錄，乃自戊午始。時年方廿五，漸識人間事。踵起吟社興，文字結深契。（時菽莊吟社、鷺江吟社相繼成立，予均參與其間）唱和託詩筒，好把性情寄。歲月任蹉跎，風雅幸不墜。』此處言編年詩自錄始於戊午年（一九一八），又比題識所說提前了多年。

《甲子雜詩合刊》刊印後，除了應朋儕索閱外，更向海內名家寄贈。嘗見蘇警予致韓國鈞函云：『晚每於奉賢朱遯庸、海陵譚組雲二叟處之出版書中拜讀尊作，欽佩莫名，茲特奉呈拙作《甲子雜詩》一冊及近作《述懷》一首，敢請教正，並乞賜和。素仰先生提攜後進，想不以晚之冒昧而見拒也。』（江蘇省檔案館編：《韓國鈞朋僚函札名人墨蹟》，東南大學出版社二〇〇六年版，第一六五—一六六頁）韓國鈞（一八五七—一九四二），字紫石，晚號止叟，江蘇泰縣人，歷任江蘇省民政長、安徽巡按使、江蘇巡按使，民國後曾任江蘇省省長。喜詩詞書畫，編訂大型鄉邦文獻叢書《海陵叢刻》。函中提及的奉賢朱遯叟（一八五七—一九四二），名家駒，字昂若，號遯庸、遯叟，江蘇奉賢（後歸上海）人，工詩詞，善書法，多次參與菽莊吟社的徵詩徵文活動，著有《遯廬近墨》《聞妙香齋詩存》等。他有《題蘇警予謝雲聲〈甲子雜詩合刊〉》絕句數首，顯然也是收到贈書。其一云：『一聲清籟靈簫閣，疑是仙寰鸞鳳音。愁絕延平訪殘壘，海天月色夜沈沈。』（見陳桂琛選評：《近代七言絕句續集》，厦門吳寶文印書館一九三七年六月承印，第九一頁）。海陵譚組雲（一八七六—一九四九），名德鐘、孝先，號高譚，晚號海陵老人，江蘇海安人，以書法蜚聲滬上，能詩，著有《海香詩鈔》等。

陳衍在《石遺室詩話》卷二九寫道：『閩南吟人介從墨史者，有南安蘇警予（甦）、晉江謝雲聲（龍文），遠寄合刻絕句一冊。』（張寅彭主編：《民國詩話叢編》第一冊，上海書店出版社二〇〇二年版，第三九三—三九四頁）並採錄了二人的絕句。後來在《石遺室詩話續編》卷四中，再次從《甲子雜詩合刊》中採錄絕句多首。（同上，第六〇六—六〇七頁）其中包括二人以『野望』為題的應徵獲選詩。蘇警予《野望》詩：『河山破碎入黃昏，一段荒城鳥雀喧。極目蒼茫雲水外，蕩胸浩氣接中原。』陳桂琛《近代七言絕句續編》亦選此詩，評語曰：『骯髒沈鬱，逼近定盦。』按語稱：『警予此詩，於甲子冬應厦門大學詩學研究會之徵，而獲首選者。』（陳桂琛選評：《近代七言絕句續集》，第九八頁）所謂『詩學研究會』似應為『中國文學研究會』，是當時厦門大學學生組織的團體，此次徵詩題目『野望』可能為導師陳衍所出。獲亞軍的謝雲聲《野望》詩：『平蕪躑躅欲何依，目斷荒山幾合圍。悄立蒼茫如有待，四郊暝色迫人歸。』（謝雲聲《靈簫閣甲子雜詩》第一二頁，見蘇警予、謝雲聲：《隨天付與廬靈簫閣甲子雜詩合刊》，厦門文化印書館一九二六年刊印）此詩陳衍《石遺室詩話》僅摘錄後二句，句中『如有待』改作『何所事』。

蘇警予在廈時先後參加菽莊吟社、鷺江詩社，又與謝雲聲等共創東社。菽莊吟社係林爾嘉所創，一九一三年十月在鼓浪嶼成立，是民國期間閩南著名詩社；『蘇子警予入社稍晚，實為後起之勁』（柯伯行《菲島雜詩・柯序》，蘇警予：《菲島雜詩》，菲律賓一九四〇年刊印，『序』第七頁）。鷺江吟社係周殿薰於一九二一年創立，社址設在廈門市圖書館，菽莊吟侶多半加入。蘇警予在《曠劫集・自序》中稱，他參加這兩個吟社，係李禧、周殿薰二師介紹。東社創立於一九二三年，『東社者，乃由海天吟社、梅社、蓮社、鷺江吟社諸社員混合而成也。此外，如惠安之陳紹宗、蔡瑞書、張炳垣、張子敬、謝瑞庭，龍溪之鄭江濤、徐宗文、林小庸，閩之歐陽楫園等，均先後參與其盛。當時幾達百人。外而與大江南北各詩社聯絡，內而得海澄蘇眇公之助，以《江聲報》副刊作為東社特刊。』（黃澤父：《廈門雜記》，廈門圖書館編：《廈門軼事》，廈門大學出版社二〇〇四年版，第三八頁）東社編印社刊《東社集》，季刊，廈門閩南印書館印刷，通訊處設在謝雲聲居所。今存《東社集》第二年（一九二四）夏號，卷前即有蘇警予以《題沐猴圖》為題的徵詩揭曉和再次徵詩啟事及詩友題詩，據諸詩所云，此《沐猴圖》係蘇氏十年前舊作；卷中又載蘇詩九首，多為佚詩；卷尾附載名畫家武進鄧春澍復蘇警予書，稱讚其熱心於社務，盡心於社刊。

謝雲聲所言蘇氏與大醒法師、何達安、虞愚及謝氏本人等五人合刻之《七月集》，查國內各大圖書館無收藏著錄，從文獻中也很難查到相關信息。陳衍《石遺室詩話續編》卷四接連摘介了五人的詩作，所據詩集為，大醒《山居詩鈔》、何達安《雙寂寞館》、謝雲聲《靈簫閣詩錄》、蘇警予《隨天付與盧詩錄》，虞愚詩未言出處，但未提及五人合刊之《七月集》。（見張寅彭主編：《民國詩話叢編》第一冊，第六〇六—六〇七頁）唯一九三三年東初法師撰《大醒法師小傳》寫道：『師除講席任事之暇，喜於吟詠，嘗與謝君雲聲、何君達安、虞君佛心、蘇君警予諸友結海印社，往來唱和，極盛一時，並出有《七月集》，一時紙貴洛陽。』（見虞愚、寄塵編：《厦門南普陀志》，厦門南普陀寺出版，厦門風行印刷社一九三三年排印，第一〇一頁）

大醒法師（一八九九—一九五二）係厦門南普陀寺詩僧，字機警，別號哭庵，江蘇東台人。一九二八年三月奉太虛大師之命到南普陀寺擔任監院，並主持閩南佛學院教務，至一九三二年年底辭職離厦，喜吟詠，亦善書法。『於民二十一與畫家吳君石卿書家虞君佛心，合開扇面展覽於南普陀寺。』（東初《大醒法師小傳》，虞愚、寄塵編：《厦門南普陀志》，第一〇一頁）何達安，名之兼，字達安，江西高安人，畢業於北京大學研究所國學門，時任教於集美中學，亦為南普陀居士。陳衍稱其『工填詞，嗜詩，詩才極清而苦瘦』（《石遺室詩話》卷三〇，張寅彭主編：《民國詩話叢編》第一冊，第四二七頁）。大醒引為『來厦難得之緇素知己者』。（《大醒手書行腳詩》自註，一九三二年影印版）虞愚（一九〇九—一九八九），原名德元，字竹園，一字佛心，原籍浙江山陰，出生於厦門，曾入武昌佛學院、南京支那內學院學習，時在厦門大學教育學院就讀，兼任閩南佛學院教員，與蘇警予、謝雲聲同居厦門廣平巷，均嗜詩善書，並稱『廣平三傑』。

《七月集》已佚，具體內容難以稽考，但可知為上述五人酬唱之作的合刊，另從書名看，內容當與七月有關。茲錄兩首，以見一斑。大醒法師詩《中元夜警予、達安、雲聲諸子茶會於兜率陀院》：『萬里交遊二三子，相逢山寺亦前因。夜深話到騷壇事，同是石遺集裏人。（自註：適座上置《石遺室詩話》，見三子詩均載其中。）』此詩見載於陳衍《石遺室詩話續編》卷四（張寅彭主編：《民國詩話叢編》第一册，第六〇六頁）。兜率陀院在南普陀寺的半山上，中元即農曆七月十五日。謝雲聲詩《中元節遊南普陀寺，夜半留別大醒、達安二吟長》：『高談良會中元節，遣却閒愁滌却心。歸路懸思人境外，月明如雪夜鐘沉。』（虞愚、寄塵編：《廈門南普陀志》，第一一八——一一九頁）可見，這一年的農曆七月十五中元節夜，海印社諸人在南普陀寺兜率陀院大醒法師居處有一次茶會小聚，暢談騷壇詩事，夜半始散；虞愚可能缺席，而蘇警予則參與。謝雲聲有《七月十二日偕小迂、警予、學琰、詞源諸子，訪大醒法師於南普陀之兜率陀院，賦此》詩二首，其二云：『論文談藝慰無聊，鎮日閒愁萬丈消。還約明月三五夜，追蹤坡老謁參廖。（東坡居士嘗於月夜訪參廖上人）』（虞愚、寄塵編：《廈門南普陀志》，第一一八頁）可見，此次中元聚會，蘇警予、謝雲聲在幾天前就來寺與大醒法師商議約定。一九三二年，大醒法師作《行脚詩》記述來廈五年之事，寫道：『忙中取閒逸，消夏集高賢。譚書復論畫（今夏與畫師吳石卿先生、道友虞君佛心居士，合開書畫扇面展覽會，警予、雲聲、小迂、吉甫、詞源、雪蕉諸子等均朝夕過從，談論書畫，興趣極至，亦雅集也），偶然作詩篇。（雲聲謝子先作詩貽余，蘇、虞二子先後有佳作見示，余心亦動）人生已難得，知己豈非緣。』（《大醒手書行脚詩》，一九三二年影印版）此詩亦為陳衍《石遺室詩話續編》卷六所採錄，但這些富有史料價值的自註被删去了，殊為可惜。

上引蘇警予『傳記』及『略歷』列舉其遺著近二十種，大多未付梓且已亡佚。尤為可惜的是未被列舉的《隨天付與廬詩錄》，這是詩人在戰後自選自錄的一九一八——一九三七年編年詩集。作者稱：『客居多暇，檢點行篋，藏有舊稿，自戊午迄丁丑，計二十年，删汰其不合意者，錄而存之，得古近體詩都六百零六首，別為一集，亦劫餘之珍品也。』（《自題〈隨天付與廬詩錄〉（並序）》『小序』）如此劫餘珍品，亦已不存。今存詩文集除《隨天付與廬甲子雜詩》外，僅《菲島雜詩》及《二菴手札》。《菲島雜詩》收作者往菲律賓後所作詩一百三十餘首，多抒發去國懷鄉之感，反映當時海外華人的處境遭遇，菲律賓一九四〇年刊印。已與《隨天付與廬靈簫閣甲子雜詩合刊》及謝雲聲《海外集》合編為《甲子雜詩合刊·菲島雜詩·海外集》一冊，收入『同文書庫·厦門文獻系列』第一輯，厦門大學出版社二〇一六年影印重版。《二菴手札》二冊，係蘇警予在抗戰勝利後一九四五年五月至一九四七年五月兩年間寫給親屬和師友的信函，計九十八封，原件為作者手抄稿本，已編入『同文書庫·厦門文獻系列』第二輯，厦門大學出版社二〇一七年影印出版。

《二菴手札》中多封書信談及《曠劫集》的選編，從中可以看出詩集選編的最初情況。一九四六年五月三十一日復李禧函寫道：『生在此四年中，詩亦有所作，此間友人慫恿編印，擬選若干首為《曠劫集》，得暇當謄奉斧削，並請賜序文弁首。』（蘇警予：《二菴手札》，厦門大學出版社二〇一七年影印版，第四七—四八頁）這是選編緣起與準備。九月三日復謝雲聲函又云：『甦在此數年中，酒不離口，詩亦常作，澆愁寫恨，與惡環境相周旋，雖置身圍城，而心定志堅，利欲不動，葆我純真，深自慶倖。近擬選所作為《曠劫集》，已函請繡伊師作序，蒙其答應矣。』（同上，第六九—七〇頁）這裏闡明了這些詩作的寫作環境和心境，其實也點出了選編詩集的意義。十一月二十五日致李禧函則言寄去部分謄錄稿請其斧削，並提出『求精不求多』的選詩原則。（同上，第一一〇頁）可見，他已著手選編。後來李禧對詩稿認真斧削，但答應的序言則最終未見。十二月二十八日致曾冬心函又稱，《曠劫集》『印費將由此間友人代籌，但不審能否成功？』（同上，第一三四頁）顯然，他對籌集費用信心不足。一九四七年二月十四日復呂小迂函又講到『正籌印費』（同上，第一六〇頁），可見尚無着落。其實，此書之所以直到蘇警予去世都未能付梓，根本的原因就是費用未落實。

《曠劫集》作者自序作於庚寅年（一九五〇）三月，是書亦當在此前後編就。卷前尚有詩友序三篇，汪煌輝《序一》作於戊子年（一九四八）花朝節（二月），謝雲聲《序二》作於一九五一年七月；王世昭序則作於丁未年（一九六七）四月。卷後有晉江旅菲詩人鄭華民撰《後語》，稱蘇警予逝世後菲華吟壇先進和籟社社友即有刊印遺集之議，屬其甄選付梓，而稽延至今，『爰決定以先生親自編纂《曠劫集》全冊，景印付刊，以紀念逝世十二週年』。蘇警予於一九六五年逝世，而《後語》自署作於丁巳年（一九七七）。由上可知，此書是旅菲詩友為紀念蘇警予而發起刊印的，付梓時間當在一九七七年。

二、主題內容：『歷劫』與『重生』

《曠劫集》的主題內容，顧名思義，從書名便可以推知。卷前作者短識稱，『曠劫』出自龔定庵詩句『祇今曠劫重生後』（龔自珍《己亥雜詩》之三十四首），即取劫後重生之意。作者好友謝雲聲在《序二》中則援引新加坡著名作家李西浪（？—一九七二，一名天熙，原籍廣東梅州）之《星洲淪陷後追憶（七律二十二首）》其一詩句『已覺今生疑隔世，且留詩史紀餘哀』（見李西浪：《劫灰集》，香港一九四六年印行，第六頁）以題此詩集，亦頗為恰切。所謂劫後重生，是相對於抗戰結束而言的。可以此為時間界限，將詩集的主題內容大略分為兩個方面，前半部為『歷劫』，後半部則為『重生』。

『曠劫今生未曾有，也應詩句寫離憂。』（《劫後春二首》其二）蘇警予親歷了二戰的彌天戰火和暴寇淫威。『迨至丁丑秋，東夷狂作祟；大地遍淪夷，中原如鼎沸。』（蘇警予《自題〈隨天付與廬詩錄〉（並序）》）他離廈赴菲不久，鷺島便淪陷，而太平洋戰爭爆發後，菲律賓也淪入敵手。戰後他在致友人的信中寫道：『別後只閱半載，而廈門淪陷。……迨日寇南侵，太平洋戰浪掀起，交通阻隔，而故人之生死存亡，更莫由知。甦於寇占菲島時，無法逃避，惟日坐圍城，目覩暴日之施展淫威，不但戰兢臨履，即喘息亦覺不安，痛苦達三年有奇。勝利將來臨，大戰展開，又適站在最前線，值雙方礮火中。寇敗退時，縱火焚毀市區，屠殺人民，全市被毀達三分之二以上，死萬人以上，而甦於萬死一生中而幸存者……』（《復呂小迂》，蘇警予：《二菴手札》，第一五八—一五九頁）蘇警予嘗自稱：大戰爆發後，『詩亦常作，太半淚語，擬選若干為《曠劫集》』（《答洪壽年》，同上，第一二二頁）。其實他『歷劫』期之詩表達的情感更為複雜。如一九四二年《次葉向晨除夕感賦元韻》：『海天萬里盼雙魚，消息沈沈感客居。寂寞山河喧鼓角，交馳羽檄動軍書。舊詞按譜翻新調，薄酒撐盃供瘦蔬。誰似嗣宗酣醉後，能垂青眼步兵廚。』這裏既有親歷戰火與離亂的傷時之感，也有遙望家山、夢斷音書的懷鄉思親之情，還有懷才不遇、飄零落魄的身世之歎，更有對鼓角聲聞、版圖重收的光復之盼。這些都成了詩集前半部『歷劫』主題的基本內容。

『劫後山川未忍看，瘡痍滿目總心酸。』（《劫後春二首》其一）《曠劫集》中有些詩直接描寫了親歷戰火，如『掀天高射炮，擲地燃燒彈』（《寓樓小飲觀空戰，次銕庵韻》）等，但更多的是戰火洗劫之後的凄慘景象。如『子規血染沙場赭，鴻雁聲嘶白日寒』（《劫後春二首》其一）。其慘烈畫面一如唐人邊塞詩中的古戰場。詩人在《劫後感懷，次蔡健庭原韻》中寫道：『欲繼仲宣賦七哀，劫灰堆裏拾詩材。古城喋血盈溝壑，荒徑生煙沒草萊。碎瓦頹垣橫道左，斷橋流水咽江隈。風雲變色渾難辨，終是乾坤混沌開。』漢末王粲（字仲宣）的《七哀詩》真實地描繪了一幅悲慘的離亂畫面，深刻反映了戰亂給人民帶來的深重災難，同時也表達了作者久客他鄉的懷歸之思。蘇警予在詩的首聯即表明繼承中國『詩史』傳統，用詩筆來反映這場曠劫。當然，他所關注的不僅是旅居的炎方蠻域，更是雲山遠隔而同歷劫難的故國鄉邦。『彌漫烽火遍大千，劫餘殘喘入窮年。家山何處愁撐眼，搔首頻頻欲問天。』（《答醒余七絕，以『宵深蛙蚓自鳴天』為韻》之七）『遍地烽煙劇可哀，故園不忍首重回。飄零海角詩人在，獨向椰林覓句來。』（《自題椰林覓句圖》）這些詩充滿對同樣陷於戰火、淪於寇禍的家鄉的牽掛和哀傷。

在抗戰全面爆發之初，蘇警予即參加抗戰救亡活動。一九三七年十月，他應菲律賓華僑援助抗敵委員會主席李清泉之請，赴菲任該會秘書。嘗自訂書法潤例，申明所獲部分潤資將用於救濟祖國抗日士兵和難民，並賦詩曰：『莽莽山河盡國殤，未能投筆到沙場。願將耕硯無多穫，半濟兵民半作糧。』（《自訂書例》其二，蘇警予：《菲島雜詩》，第一八頁）他雖然未能投筆從戎，但同仇敵愾，始終關心抗戰事業，對抗戰寄以極大的希望，這在詩中得到充分的表現。如：『劇憐國破山河在，卻喜軍興鼓角嚴。』（《重陽感賦（辛巳）》）『且待乾坤機軸轉，欣看海嶽版圖收。』（《四疊前均示龍光、醒余》）《劫後春二首》有句：『春隨鐵馬蹄聲盡，險失金湯水斷流。』他特作註释：『菲島淪陷，美軍據守麥丹三月，卒以孤立無援再淪敵手，然戰績輝煌，壯烈亦足稱矣。』詩集中還有多篇哀悼抗戰英烈的詩作，如：《有悼（聞抗日諸烈士就義作）》《生死篇一章，弔黃士埮烈士（並序）》《悼華僑抗日殉難諸烈士》《挽余清箴四首》《書某烈士傳後》《挽蔡及時烈士》《挽蔡派恭烈士》《挽林籟餘烈士》等。國恨家仇，以及對抗敵英烈的景仰，都在詩中得到了抒發。

懷國望鄉思親是海外華人詩詞創作的永恆主題，在二戰期間更為突出。蘇警予寫道：『極目望神州，清光萬里浮』（《中秋感賦（癸未）》）；『千里家山頻悵望』（《六疊前均示龍光、醒余》）。不僅是悵望，而且歸心似箭：『料峭初寒報幾番，春花有信在家園。扁舟欲仗東風力，直送歸心到鷺門。』（《風片》）他在詩中反復表達對家鄉和親人的思念，每逢傳統節日，這種思念尤其濃烈。《辛巳除夕感作二首》云：『兵塵劫後剩餘生，瞥眼滄桑萬態更。千里家山消息斷，牽愁兒女不勝情。』《壬午清明感賦二首》其一：『猛憶昨朝屬禁煙，賣餳聲裏在南天。（近來岷江早晨多有賣糖果糕餅之童子聲聞戶外，頗似故鄉情景）誰云客子思家苦，尚有家人望眼穿。』《壬午中秋》：『客裏過中秋，五度看月滿。回首望家山，十月音書斷。何況滯天涯，情深轉煩懣。今日逢令節，無心為把醆。團團明月生，盈盈照淚眼。』《元夜三首（癸未）》其三：『今年月較去年圓，慰我多情在客邊。皎皎一輪千里共，盡將離恨付雲煙。』壬午（一九四二）歲末，詩人獲紅豆數顆，遂命所居為『紅豆吟窩』，寓相思之意。又作《紅豆吟三首（並序）》，詩云：『為憐紅豆辟吟窩，兩字相思久不磨。』『輾轉相思又一年，相思無計把情牽。得來南國相思子，慰我相思在客邊。』他後來自稱：『我作紅豆吟，相思人千里。』（《和黃雅谷蜜月詩》）《紅豆吟》的相思之情引起了遠離家園的海外遊子的共鳴，一時和者二十餘人。

身滯海外、漂泊異鄉而又處於敵寇鐵蹄蹂躪之下，加之才無所用、貧困交迫，使詩人產生了落魄江湖、塵世難容、無處安身的身世之感。這種强烈的情緒在二菴這一時期的詩中表現得十分突出。如：『江山如夢夢難成，書劍飄零感慨並。』（《壬午九月初八日四十九歲初度感賦》）『一經喪亂風流盡，既辱諸身孰可忍！』（《答醒余七絕，以『宵深蛙蚓自鳴天』為韻》之四）『獨往獨來人不識，高吟何處展雄才。』（《偶感》）忍辱和孤獨之後是深深的失意，他自稱『落魄平生意氣疏』（《旅懷，次謝選民原韻》）。他的五言絕句《初三夜》三首把這種失意心情寫得極為哀怨，如其一：『孟夏初三夜，蒙塵失意人。風聲驚破夢，何處可安身？』七律《七疊前均示龍光、醒余》則較為全面地表達了詩人的身世之感。詩寫道：『俛仰年華身世浮，老來深悔入蠻州。風懷曠澹清如水，吟鬢蕭疏白似鷗。彈鋏半生徒自苦，振衣千仞放羈愁。漫攜鬥酒雙柑往，聽取黃鸝鼓吹收。』回顧平生，身世沉浮，壯志未酬，而人已衰老；有愁緒有悔恨，但風懷依舊。末聯用南朝畫家戴顒春攜雙柑鬥酒往聽鸝聲之詩腸鼓吹典故，言欲覽勝尋春，以引起詩興，亦是强作歡語。

二戰結束後，親歷戰亂的南洋僑胞都有劫後重生的感覺。旅居星洲的謝雲聲在為《曠劫集》題詞的中寫道：『兩地都從烽火過，此身尚在樂如何。』詩句所表達的是當時所有人的共同心情。劫後重生所帶來的身心變化以及所面臨的新的生活境況，使蘇警予詩的表現內容和風格面貌發生了新的變化。

『十年寇禍痛流離，萬里飄零接島夷。至竟懷歸歸未得，懷歸涙漬卷中詩。』（《雲聲有〈懷歸吟〉之刻，為題二十八字》）這是蘇警予為謝雲聲的詩集《懷歸吟》的題詞，也可以說是二戰時期旅居南洋的華人境況和情感的寫照。因此，戰爭一結束，歸國回鄉省親，便成為急切之舉。泉州旅菲詩友李根香（一九〇〇——一九六二，名琨璋，號園丁，又號春蔬樓主，福建泉州人，畢業於集美師範學校）是較早回國的一人，在一九四五年秋抗戰剛結束時就返鄉。蘇警予作《送李根香歸國》詩為之送行，詩寫道：『三年鐵蹄下，利災更安危。劫後道無恙，相見一軒眉。稱慶而額手，平服及島夷。歸去松菊存，把醆醉東籬。臨歧無別語，後會定有期。明年春水至，待我鷺江湄。』『平服』即平定、復原之意；『島夷』指鷺島和菲律賓南洋。這幾句語雖平實，但把歷劫後的心情和安排表達得很清楚。由於經濟原因，蘇警予的歸國返鄉行程一再推遲，而身邊的友人則陸續回國。詩集中收錄多篇送行詩，如：《送董春滿歸鷺門》《送丘均山丈歸國》《謝榜永歸國有日，賦詩留別，書此送行》《送王人傑歸國》《次均陳少軒歸國留別六首》《次韻茂植將歸留別四律》《送友梅乘飛機歸國》等。『有客滯天涯，遙望鷺江水。有客賦歸來，待發整行旅。……客中翻送客，惜別情無已。』（《謝榜永歸國有日，賦詩留別，書此送行》）客中送行，更引起他的鄉思。在這些送行詩中，他深切地表達了對家鄉的思念和與家人團圓的期待。

蘇警予歸國較晚，直至一九四七年五月之後才啟程，但是戰爭一結束，電郵一開通，他便迫不及待地聯絡家人、親朋，詢問親友的安康、起居和近況。保存在《二菴手札》中的近百封信函，真實地反映了這一情況。而親友的來書與問訊，報平安、述劫難、話家常，乃至談藝論詩，也往往在他心中激起波瀾，並在詩中得到了反映。如《故人四首》之四：『重光天日我生初，流落身經喪亂餘。千里已勞相問訊，開緘喜讀故人書。』得故人書的喜悅溢於言表。而與家人的通信更是如此。《寄家書二絕》其二：『燈前下筆春蠶食，滿紙淋漓塗墨蹟。不盡千言萬語中，何如相對數晨夕。』《得錚兒家報，知故人無恙，喜書一絕》：『四年追記語千言，灑灑洋洋不厭煩。報導故人多健在，裁箋遙與寄溫存。』雖然也有餘哀和新愁，但更多的是喜悅和信心。

雖然書信往來頻頻，但畢竟天各一方，不能相見相對，對親人的思念仍無時已。所以，與家人恢復通信後，蘇警予還寫下了許多纏綿婉約的思親之詩。如《一枕》：『一枕悠悠思，家山夢見之。團圞妻子在，零落故人稀。難忘恩仇事，猶驚鼓角悲。破牕明月至，照我賦新詩。』這些詩還有一個特點，就是內容多話家常、談家事。如《歸期寄內》：『……倏忽十一年，青絲換白首。歸期已有期，臘月須記取。屈指兩月餘，家園來坐守。入室敍離悰，盈尊有美酒。閑來應多味，老境長享受。轉瞬即春來，東風吹戶牖。兒女笑燈前，不覺光陰走。』歸期已定，這首詩表達了對歸家後情景的想象和對妻子的諄諄叮囑。《婚嫁》：『男大正當婚，女大亦當嫁。我有六兒女，婚嫁時來乍。……自笑為馬牛，勞碌如推磨。頤養快眼前，回甘味啖蔗。』兒女婚嫁，詩人雖未能親臨，但內心十分欣慰，且由此而想到了自己晚年的蔗境。這些詩，充滿了家庭的溫馨。

三、詩書特色：『詩是定盦字石盦』

蘇警予別號『二一菴』，係取詩學龔定菴、書法劉石菴之意，嘗賦詩自稱『詩是定盦字石盦』（《自訂書例》其一，蘇警予：《菲島雜詩》，第一八頁）。其詩書的這一特色也為論者所普遍認同。如同為旅菲詩書名家的吳普霖（一八九九—約一九六八，字伯施，別署天寥閣主，福建晉江人）詩云：『蘇侯吾畏友，奕葉紹箕裘；詩是定庵龔，字亦石庵劉。』（《九日二庵邀集寶藏寺以故未與，越日詩來，賦此為報》，吳普霖：《天寥閣詩稿》下卷，第一八頁，菲律賓一九六八年刊印）

可以說，詩學龔自珍是蘇警予詩的基本特徵。他也毫不掩飾對龔詩的偏愛，《曠劫集》便收錄多首集定菴詩。然而，隨着時勢的變遷和閱歷的增長，詩的風格也有所變化。作者在詩集的自序中稱：『又經滄桑之變，曠劫重生，離憂傷感，造成詩境，不學如予，惟有藉吟詠以抒胸懷，吐其不平之氣而已。故繼《菲島雜詩》後，而有《曠劫集》之選。』（《曠劫集·自序》）先後為《菲島雜詩》和《曠劫集》作序的鷺門旅菲詩人柯伯行和溫陵詩人汪煌輝，亦知人論世，分別在序文中對蘇警予詩的特色及其變化進行了評論，尤其是分析這一變化與以陳衍等為代表的同光體閩派的離合關係。

柯伯行（約一八八五—一九六〇，名徵庸，字伯行）於一九四〇年在為《菲島雜詩》所作序言中寫道：『其詩瓣香定菴，經喪亂之後，多傷時感舊之什，有陸放翁、元遺山襟抱，黍離興感，殆發於情之不能自已耶。』又云：『曩者，弢菴、石遺諸老傾向西江詩，清微淡遠，挹之無窮，蔚為吾閩宗派。君近由定菴而上溯後山、山谷，將來以西江為歸宿，由炫麗而臻平淡，穩健漸入奇險，則詩境又一進矣。請刮目以俟之。』（見蘇警予：《菲島雜詩》，『序言』第七—八頁）前一段話指出蘇警予詩在喪亂後的變化，頗為精到；後一段話則預測其將來變化的趨勢，值得進一步探討。這裏所說的『吾閩宗派』，即指陳衍（石遺）、陳寶琛（弢菴）等人開創的同光體閩派。在序作者看來，蘇警予詩尚不屬於同光詩派，但其將來發展可能入於此派；因為，他近來已由詩學龔定庵而上溯宋代江西詩派（即所謂『西江詩』）之黃庭堅（山谷）、陳師道（後山），將來當以江西詩派為歸宿，這與同光詩派的傾向是一致的。

汪煌輝序作於一九四八年，可以説是對八年前『柯序』的『接着説』。序云：『蓋由飽看美日狂炸，性靈鎮定，而加以磨鍊，使其詩炫爛而歸平淡，穩健轉入奇險，果有以副社友伯行所刮目相待為不虛也。夫詩至平淡難，平淡而耐人尋味則不失之庸；至奇險難，奇險而不詭正宗則不失之怪。……社長瓣香定菴，不為同光以下之宋體；宗派大蘇，不囿二十四圖之西江體。鍥而不捨，則以岷州當坡老居夷，有詩可以不陋。』（汪煌輝《曠劫集・序一》）汪煌輝（一八八〇—一九五六），字蔚霞，號照陸，以號行，福建惠安人，曾任厦門大學國文副教授，後旅居南洋各埠，出任菲律賓天南吟社社長，一九四一年回國後任泉州昭昧國學專修學校等校教職，著有《古蓮花菴詩集》等。汪氏認為，經歷戰火磨煉和劫後重生，蘇警予詩已實現柯序所期待的歸平淡、入奇險的轉變，但並未以江西詩派為歸宿，也不學宋詩派，不為同光體，不入同光體詩派。在他看來，二菴由詩學定庵而上溯的不是江西詩派之宗黄庭堅、陳師道，而是蘇東坡。

汪煌輝的論述都很精闢。《曠劫集》卷前《作者略歷》寫道：『其詩由炫爛而歸平淡，穩健轉入奇險。滄桑歷劫，磨煉蔚成，已足多矣。』顯然，關於二菴詩風格的變化已成為共識。汪氏指出蘇警予詩不師法江西詩派，不為宋詩體，與以陳衍等為代表的同光體詩派迥然不同；這一特點正是苏氏所参与的厦门菽莊吟社『宗唐』而非『宗宋』的诗学主张和基本風貌的體現。龔自珍詩張揚個性，開一代新詩風，其豪逸之氣卻與蘇軾詩頗有相似之處，因此蘇警予由『瓣香定菴』而『宗派大蘇』，有其內在理路。謝雲聲稱《曠劫集》『其一種豪情逸氣，流露字裏行間』（謝雲聲《曠劫集・序二》）。這正是東坡詩和定庵詩的共同特色。

蘇警予書法學清代劉墉（號石菴），是近代厦門和旅菲華人社會的著名書法家。菲律賓景印之《曠劫集》，底本為作者毛筆手抄稿本，詩書並茂，也是其書法藝術的一次集中展示。吴普霖曾在致二菴的信中評論其書法：『信筆揮灑，深入石菴堂奥。昔人論書有不經意而中程之語，吾於先生所作亦云然。』（載《吴百癡詩簡》，菲律賓南島印刷公司一九七〇年版）一九四六年十一月，蘇警予在復學書者莊天馴的函中闡述了自己書法的藝術特點：『甦平生所學，專學石菴，用筆看去雖濃，而運筆多流動宛轉，神致活潑，所謂貌豐骨勁，味厚神藏者也。』（蘇警予：《二菴手札》，第一〇七頁）又對其言：『筆漸圓潤，惟行氣疏密，須再加注意，用墨不要過濃，濃則滯，滯則為人譏為墨豬』；『足下堆墨，絕肖於甦，而運筆略欠流動，此非言語所能形容盡致，要在神而悟之可也』（同上）。這些論述都是他書法創作的經驗之談。這部《曠劫集》手抄稿本，亦體現了二菴書法流動宛轉、神致活潑而又貌豐骨勁、味厚神藏的藝術特色，頗具藝術鑒賞價值。

洪峻峰

二〇一八年七月於厦門大學

曠劫集

二盦先生遺象

鐵菴題

作者畧歷

軒昂

旅菲詩人蘇警予先生原籍福建南安名甦別署二菴蓋其書法石菴詩學定菴猶才江之鑄劍仙象東坡之作醉墨堂之意先生久居鷺門生性疏狂跌宕喜飲酒之後揮毫作詩立就有奇氣好交游海內外

多神交融偈頌仍嗜金石書畫富收藏善
鑑賞歷任廈門競存小學同文中學勵志
女學文史教員二十餘年嘗為思明江聲
廈聲商報諸報主筆政桃李盈門有聲
社會七七事變後菲律賓華僑援助抗
敵委員會主席李清泉電聘來菲為

該會秘書現任馨泉酒廠公司中文牘工
餘喜吟詠其詩由絢爛而歸平淡穩健
轉入奇險滄桑歷劫磨鍊乃蔚成正果多
矣所著有隨天付與廬詩文錄唐人絕
詩〻研究詩本事補食破研齋談藝錄
紅豆吟窩小品在廈出版者有甲子雜詩風

序集兩卷今島上集厦門指南與陳佩真謝雲聲合編在菲出版者有菲島雜詩石遺室詩話正續編均選載其詩緝為閩南詩人之一云

本文載於菲律濱與華僑事蹟大觀中

題詞

謝雲聲寄自星洲

兩地都從烽火過此身尚在喜如何刊詩未失篇盈篋浪跡怎堪墨屢磨海外湖山仍戀好故鄉人物愴傷多他時游棹榮歸日一卷相隨發浩歌

詩學吾閩自有派如君清雋可
名家湖山歷盡經年勘稽記
書證品畫錄佛云劫火還出
藏不藏二卷一卷詩此是心靈
為結物長留天地滿河漢
鷺江
鐵庵劉鋼

管鮑分金無此樂子
年能幾刊詩約如何
曠劫得重生猶是人
間雙屈蠖
覺夫題句

具有千秋想　凌雲作賦才
銜盃傾意氣　落筆走風雷
書以石菴著　詩因曠故催
隹章曾盥誦　一為笑顏開

佳誤隹

星賓陳茂植敬題

序一

惲壬午天南遄返道經九龍晤雲史於月仙樓上爲述社中吟侶鷗散於世罕艱雲相顧黯然似不勝於邑抵家未久而雲史訃至連年殘社老友如姜樣笠翁桂翁亦相繼物故海內風雅寥落如晨星翹

望峨嵋一衣帶水光陰數載欲與 謦欬
社長作別未嘗攤又事與心違悵悵者久
矣惟所示郵簡近著可積成卷軸有時
攜對清縈華一兩詞誦山川草木似亦愴
海天滯一詩人焉近傳其玉照則淵乎其容
溫乎其度蓋由飽嘗艱日 桂炸 性靈鎮

它而加以磨鍊使其詩情[嫻]而歸平淡穩健轉入奇險果有以副社友伯行所刮目相待為不虛也夫詩至平淡難平淡而耐人尋味則不失之庸至奇險難奇險而不詭正宗則不失之怪二者非鈍根人所能窺龍蛇也讀破萬卷下筆有神始臻此境地難為時流道也

社長瓣香宜若不爲同光以下之宋詩宗派
大蘇不囿二十四圖之西江詩派而不合則以
峨嵋當坡老居東首詩可以不泥其似君
且紹斜川名手而宗武望之赧然似自獻
擅歸來觀陸賈囊寶不崇珊瑚光氣
追人何翅相萬鐸老於筆擬日識禿筆偃

塞蓮花菴畔為徐生來學陽秋半詩半文

朋儕天涯去詩屢遣何日慈恩塔上別

夢相逢盡思韓潮蘇海雄一世免以羊公不舞

之鶴為蘇仙所竊笑也爰述數言以遜

謝不敏

戊子花朝節吟仲江煌輝寄於古刺桐城西

序二

予與蘇君警予締交已三十餘年矣。居同門巷（庚申巷比鄰），教同黌宮（同文中學同事），出入相隨，歡謔相聚，意氣之投，逾於骨肉，所謂莫逆於心，文字深契者。予與君其殆似之歟。君性剛強，與時寡合，每私居宴集，感懷身世，痛念家國，使酒罵座，旁若無人，有時且形諸筆墨，發而為詩，其不諧流俗，為朋輩中之特出者尤秉心所嚮慕焉。盧溝變起，予先南游交趾，君則東渡菲島，而詞簡通問無時模釋。居菲三年，彙刊菲島雜詩，風行一時。迨太平浪飜，菲島陷敵，君幾經浩劫，幸免於難。又有曠劫集之輯，全集古近體俱備，格調絕似淵明、遺山，其一種豪情逸氣，流露字裏行間，誠不愧為當代詩人。吾知其必傳也無疑矣。比將付梓，索序於予，予予飄游海

外學殖久荒念多年知交烏可無一言相贈爰引李西浪先生詩已覺今生疑隔世且留詩史紀餘哀句以題其集君其首肯也耶

一九五一年七月七日晉江謝雲聲序於

新嘉坡且住為佳艸堂

序蘇二菴先生詩集

余讀福建省郡縣誌，知廣武王興義學，忠懿王置義塾，沂之公辦義齋，所謂義學、義塾、義齋，即今日之免費學校。故溯福建文化之發軔，當自唐末王氏三兄弟入閩始，由斯以降人才輩出，至朱文公熹，遂集其大成。然如楊億、西崑首之，蔡襄、蔡京書家之，柳永詞宗之，嚴羽大詩評家之，李綱民族詩人而文忠貞之士之，鄭所南愛國畫家之，鄭所翁畫龍專家之，黃道周大明丞相而以詩書畫見重於世者矣、其夫人蔡金花女士、則為有學有才有識善繪花卉之奇女子矣、林鴻十才子之冠矣、鄭成功開疆拓土之奇男子矣、李笠翁、大文學家而兼大批評家矣、魏子安、小說家矣、邉鸞、曾鯨、上官周、黄慎、華嵒、畫家文、李光地、地理學家文、張瑞圖、伊秉綬、鄭孝胥、大書家文、降及民國、嚴復、林紓、辜鴻銘、以至林語堂無不以清通中西文化爲己任、斯則源遠流長、輝映今古、爲世所重者矣。四十餘年而還、余遊東南亞各地、首越南、次新加坡、次荷屬、次馬來亞、次泰國、次砂勞越、次北婆羅洲、所至多識僑社賢豪、其間能詩者多、能文者尠、能詞者如鳳毛、能書者如麟角、能畫者頗兼中西、殊受徐悲鴻與齊白石之影响、徐悲鴻之畫合璧者又、齊白石之畫晚歲縱恣而不知齊氏之縱恣實始於工細、凡大畫家無一不以工細始、而終於意筆、蓋意筆限於天、工細成於天、而輔之以寫生、則其不爲巨手者亦幾希矣。

馬尼剌令歲始得遊、詩文詞及書法皆有愛之獨造之士、僑斯土者、吾閩人佔十之八九、豈非君子之釋將拭目以張之百世文歟。

蘇子譽予、詩之定菴、書之石菴、故號稱二菴、翻讀其詞、覺激昂慷慨，有似於辛幼安者，石菴賢相，定菴奇士，幼安則具文武才，皆豪傑之為天下所仰慕者，古人云：「取法乎上，」如蘇子，真可謂善取法乎上者焉。

余識蘇子於暮年，承不以鄙

陋見遺於香港過我晨夕遂因定交、有終老紅香爐峯下之志、一時心動、言歸馬尼剌之前、尚邀敘於酒家、為祝又秩大慶、遽料鷺江一別、頓隔音徽、人天迴遠、我勞又將如何耶!?

丁未仲春，余遊馬尼剌，承其長君子琦、及黃君柏楷、施君祖庚、張君思明之邀，於寒食節日展拜公之墓廬，因而以詩云：

「蕉雨椰風無盡思，墓門回首淚沾衣；
奠以一束生花叉，海上詩魂知不知？」

越五己之又一來復，鄭君華民語余，囑于先生詩集將出版，公議咨余爲序。余何敢序蘇先生集，惟以所知，將就正於有道也已！

丁未年四月廿六日雨夜王世昭錢賢父叙於馬尼剌王彬街國際大酒店

蘇警予先生傳記

謝雲聲

老友蘇君警予原名國治，後改名甦，字警予，籍福建南安，生於甲午年九月八日（一八九四年）三十歲左右與予及虞愚同居廈門廣平巷垂二十年之久。其先世操計然術，其尊翁以首飾業於廈門，兄弟妹三人，蘇君居第二。其賦性狂放，嗜酒耽詩，每飲輒醉，醉則狂言驚四座，揮毫作詩。

少時就讀廈門鴻麓小學，旋升入福州農林學校，卒業後執教競存、勵志、群惠等校，嗣轉任同文中學時，周墨史師任校長，予與陳丹初、鄧世熙、葉清華，楊文昭，曾玉林，謝逢源，陳國勳，陳覺夫，王伯吹，沈紫若，張文濤諸先生均為同時同事。

辛亥革命，開者响應，蘇君服膺孫中山先生主義，參加同盟會，宣傳不遺餘力，首先剪辮，為一般廈友倡導，具見蘇君对國家民族觀念，对時代潮流興替，有眼遠大眼光也。

一代名詩家陳石遺老人，任廈門大學教授，以『野望』命題徵詩，蘇君竟獲首選，予為亞軍，蘇君不敢自滿，更努力詩學，詩境益進焉。

一九二四年與予合刊『甲子雜詩』，石遺老人一讀，大加獎飾，蘇君與予詩，均蒙其採入石遺室詩話正續集中，共垂不朽矣。

越年，蘇君復與大醒法師、何達安、虞愚暨予等五人，合刻七月集，分贈海內外知友互聯聲氣。

蘇君除詩酒外，尤好書畫，與予共徵求當代名人書畫扇面，達五百葉以上，其他大小件不計，以娛心目。友人過從，索取欣賞，蘇君雖在百忙中，絕不之拒，蓋性之所好，亦猶許子之不憚煩也。

當居廈時，與予共組東社，締交海內詩文友，數近百人，朝夕函牘往還，無不立復，其處事之謹，令人欽仰。

參加菽莊吟社，鷺江詩社，每擊鉢雅集，風雨無阻，未嘗不赴。蓋興之所之，非他人所及也。

一九三〇年，白嘉祥先生營新民書社，特設編輯部，邀予與蘇君主持其事，出版書籍數十種，為吾華南鼓吹文化之先聲。蘇君之功，自不可沒。

曩者蘇君齋名曰「隨天付與廬」，取莊子鼠肝蟲臂，隨天付與之意。旅菲後又號紅豆吟窩，長相思室，生春紅室，二庵之名，係取詩豳子龔定庵，書法劉石庵也。

一九六四年七十生日，徵集各方詩文書畫達一百卷，擬刊行紀念。孰料集未付梓，而人琴已杳，痛何言哉！

去歲赴港，與其嫂夫人林抱慈女士及其次郎子琤，團聚三個月，子琤並為其補祝壽誕，柬請易居左、王世昭、徐亮之、林大庸、陳荊鴻、蔡公衡、王韞玉、丘思明、吳在橋、馬衍龍三諸先生詩酒言歡，盛極一時。

回菲後，未及兩月，竟一瞑不視，冥冥中似蒼天有意，將喪斯文，再使其夫婦在港一度相見耶。

最奇者，蘇君與予，既門巷相望，又同事一枝，又同為重陽生日，巧不可階，抗戰分飛後，函札往還幾無虛月，恍如晤對一室，所差者，二十年來未獲再會一面，緣慳如此，使予抱無窮之憾，每一念至，不知涕淚何從！

遺著有唐人律詩之研究，詩本事補，食破硯齋談藝錄，紅豆吟窩小品，隨天付與廬詩文集等。七七事變後，歷任社團秘書，出版有菲島雜詩，油印有己亥雜詩，朝氣三十律，鷺門名勝雜詠，尚遺曠劫集，離憂集，新生集，吟望集，聞雞集，懷歸集，待旦集，稀齡集，松泉高詠圖，東坡生日詩詞彙集等待印。

其妹秀英，閩亦同客菲島，長郎子琦，次郎子琤，均孝思不匱，克振家聲。其他兒女未詳，只知一女偶蔡吉堂先生為媳，其內外孫，亦不知其數，惟僕菲島摯交，補述其後半生也。予不文，不能為蘇君立傳，祇就所知者言之，明知辭筆無況，望與蘇君有交誼者，有以鑒原也。

一九七五年二月廿二日寫於新加坡來燕樓

此選自一九四一年迄一九四九年在滬所作者計古近體詩三百五十五首取寧不祇令曠劫重生後之命曰曠劫集顧名思義可以知已

二蕃翁題識

自序

予幼就塾讀值清季廢科舉乃改入學校辛亥冬畢業舊制高等小學時年十八越年民國肇造即出任教師間雖就學師範農林爲時甚暫非見易思遷實環境使然也在競存小學任教六年得親近

李師綠伊初學爲詩奠定基礎轉教同文中學十七年其始蒙周師墨史之推愛加以策勵二師又介入蘇莊鷗江二吟社與諸前輩擊鉢聯吟觀摩有自獲益良多嗣得陳丹初先生之深契時與商榷嘗有一字之推敲而費時不計

往復探討務求穩妥而止加以同輩中如謝雲聲錢碧海呂小廷吳滑先高伯英曾詞源劉鐵庵陳覺夫諸君相與切磋琢磨數十年如一日也南來菲島天南吟社成立又與汪照陸龍襄紹庭二萬庶暨同社諸君子互相融倡又經滄桑

之之變曠劫重生 離憂傷哉 遂成詩
境而學如予惟有藉吟詠以抒胸懷
吐其不平之氣而已 故繼飛鳥離詩後
而有曠劫集之選 以就正有道爲
庚寅三月 二菴鄒廷識於紅豆吟窩

曠劫集

南安 蘇廷 馨予

廿初先生移研古島作移居詩書來命和因次淵明移居二首元均呈正

憶昔在鷺門與君居異宅設藝復談詩過從無虛夕倏禍起無端流島遣行殳我來

為記當君仍任教席桃李被春風歡笑今猶昔不堪望家國離居變蕩析聞君移居白首作移居詩縱聲繁有徒命我亦和之居東異俗為吾國每怵思祇為稻粱謀一飽苦無時危樓多風雨（青島多風雨先生因號風雨樓云）詩料或在茲祇恐明鏡

裹霜痕短髮欺

題丹初先生風雨樓

省識入山不厭深十年湖海豁胸襟大
難風雨張詩膽百尺高樓獨放吟

題覺夫長相思室

人天永隔相思苦展轉相思無已時今日

為君進一解長相思且莫相思

送鐵庵歸鷺門

別來春風暖春風拂客襟有親游子願羈旅故園心去棹分天海高樓閱古今

君家有樓藏書甚多

相知如問我依舊發高吟

客中書懷

家趣閒中寄幽悰絕點塵埃雲山排闥玉閒月

破聰來世事何堪問蒼生劇可哀萬方

悲鼓角壯志未全灰

送熊陸社長歸國

避秦來海上良晤恰三年論交多以詩誼

詩重性真他鄉難作客我輩家相親游

艸牛胥桂歸崇石示賀

次韻鼎州陳茂植見贈

六根相知晚應欣識面初勞人猶艸艸悟道覺世世亂世風雲莽高懷名利疏題詩憑寄言肺腑浮安飾

哭石鐘

避難荒島久，殘棋未解圍。狂言猶在耳，熱淚忽沾衣。骯髒身何病，飄零魂未歸。能無妻子累，視老欲誰依。

前詩言有未盡，續成三絕句

錢陳遊吳君今總，三哭同儕窮死身。謂同事錢君少潭死於匪，陳君振洪死於病

一樣傷心身後事，蕭條君更

可憐人
窮愁無俚便佯狂啼笑都非態失常海
外忽傳有仙藥可憐心病竟無方
乾坤荊棘欲何之詩酒傷生不自知玉竟
工詩終賦恨僵蠶垂老尚纏絲
題覺夫篆刻

與古為徒以契久成竹在胸筆在手金石刻
畫真不負涵丸蠟封古法守神工鬼斧龍
蛇走大匠誰能定妍醜我有一印大如斗撥
刊曰醉侯某某陳君廿年我酒友劉伶之鍾
綰以纏山麓麓石煮以酒一石一杯聊自壽
龍魚變幻無不有醉態僊僊誰與偶涵

痕金疊是涯厚一編寄愁霞嶠詆印成遍我縣生肘譜成自家享以帚未有涵人名不朽今有印人名傳後

抱負

中年盛志氣抱負殊卓犖有志竟難售深負平生學失策撿毫送低首溷垂濁

賀石輝宗兄長公子維羅榮獲醫學博士

橋梓精醫學，中西聯一門。沈疴能拯救，靈藥轉乾坤。胞與懷誰識，病瘝抱獨存。弟家奉生佛，銘刻感深恩。

寄懷謝玉樹兼簡鄉社諸子五絕

千古風流欽謝傅，神交海外久殷勤，尺書

直寄人千里，字裏行間總憶君。

結社聯吟在客中，命名恰合未傻予。吟成盡是陽春曲，遐邇聲傳角與宮。

書生氣息恥奄奄，橫掃千軍筆自拈。腕有陰符胸有甲，運籌決勝更誰兼。

敝屣功名狎海鷗，浮沈濁世欲何求。布衣

傲世真奇士合署頭銜作醉侯
熟費推敲字未安吟成豪興托風騷開
天而後詩人出誰敢攀登李杜壇

夜雨

琤琮入夢中矇矇知夜雨倚枕思纏綿一
聲聲細數點滴在人間蒼生不無補

中秋即景 辛巳

一秋掃興今宵最雲掃清暉雨打篷倚仰山河歸顯波魚龍漫衍化廡纖蕉心輾轉頻欹枕桂影婆娑不出檐有酒邀誰來共飲詩人無俚韵同拈

中秋即事三絶

琴湖池上桃花鹽盈縮餘隨月色兼今夕
小樓秋寂寞斜風細雨織簾纖
欲延明月捲朱簾閒寫秋懷入筆尖無奈
恒娥偏掩面滿江争唱竹枝鹽
諸吟社均以中秋為題並限鹽韻
吟成即景意誰兼詠絮才華勝撒鹽多向
騷壇争割據不妨詩冷語多尖
詩社中有作詩相戲者

重陽感賦 辛巳

滿城誰分雨風雷，佳節重陽客滯淹。有約登高豪興減，無聊坐困舊愁添。如聞山谷飄紅葉，恍見笙歌擁紫髯。吟罷西窗詩思懸，人間細負一秋兼。黄仲則有中秋無月重陽雨細負人間一度秋之句

和陶九日雨詩兼 予前歲有九日和陶詩二首

轉瞬光陰歲

月添獨撫芳醪清令節自吟佳句能識猶劇
憐國破山河在却喜軍興鼓角嚴風雨雞鳴
天破曉會須抵掌笑蘇髯

次韻羅落花自題秋山圖

兩峯畫意寫秋山山自嶔崎人自閑安得
買山歸隱去蜂蝶不到破愁顔

論詩三絕

調羹物手下醯鹽難得尊前美味兼偏
遇屠門大嚼者難供一絕卻生嫌
李仙杜聖家尊嚴賀島詩稱鬼佛孟仙
佛聖人都不取祇隸鬼物總神怪
隨園詩是性靈兼嚼蠟味同我見猷詰居

聱牙字若子瓣香低首奉師嚴

斜陽三絕

雨腳過午便垂簾，薄暮簾波搖映兼，光景忽新旋化盡，祇留頃刻壯觀瞻。

精精鎔鎔氣沈潛，悄見殘紅照海簷，吟到玉谿詩句好，黃昏易過景難兼。

傾聚一樣勢趨炎遲暮桑榆恨欲添紅到十分灰方見有人憑而對西崦

朝霞

起視中天月已殘晨開白日泛流丹雞棲枝草木成綃錦樓映樓臺作綺紈皎皎高襟塵世少軒軒雅度太虛寬何如學道登仙者

療却飢腸蕎飯餐

晚風

酒樽茗椀獨盤桓，夜靜蕭蕭入畫欄。香送園林花馥郁，聲聞闤闠馬蹣跚。披襟拂與詩懷壯，張袖迎涼諧氣安。不是生來寒骨相，祇因誤我是儒冠。

午睡

抛書手倦體疲殫，清簟涼生枕臂安。一瞬黄粱人言懶，半床花影夕陽殘。枝枝忽悟華嚴喻，蒙叟空存秋蝶夢。為問此遊何所見，黑甜鄉裏路漫漫。

偶集示座上諸吟侶

偶然歡聚客途中把臂深譚志趣同詩寫
心懷成錦帛酒澆磊砢化長虹故園莽莽
蓬蒿地四野油油禾黍風座上有人紛嘲
笑狂來高唱大江東

詩腸

九轉紆迴一夢圓心聲賴汝發鴻濛自從

越吹黄鶴後甦犯天南喝惺公

酒膽

醇醪飲罷氣猶虹天縱詩人坦蕩胸長句
直驅靂腕下光芒萬丈敢衝鋒

寓樓小飲觀空戰次鑄庵韻

久別劉郎面重逢客邸歡撇天高射礮擲

地燃燒彈即景詩懷壯對時酒力寬危樓
居一角自笑託身安

辛巳除夕感作二首

荒拓天涯又歲除滿江烽火正愁予發詩
酒膽安排後補我精神融索居
兵壓劫後剩餘生醉眼滄桑萬態更千里

家山消息斷牽縈兒女不勝情

次韻鐵庵除夕夜話

急景何能避老侵山塵促都酒盈溪驚
幾世累風雲變怕聞征途去住心正負丁年
投筆志卻成子夜遥窮吟更深多自傷
恍抱相對無言以策以癡沈

春感次鏞庵原韻

江城歲月久遲回喪亂難逢笑口開撲面春風佳客至縈懷愁思故鄉來征鴻失路無聊賴暮燕危巢不自哀斗酒山妻藏已久何時歸去共銜杯

和曾冬心同學見贈元均

同舟與汝共安危風雨飄搖任何[所]之入網游魚從釜底出林飛鳥付天隨哀溪無淚存孤憤痛鉅難言只獨悲瀲灩春醪渾似水淺斟低唱不成詩

和覺夫留鬚詩元韻兩絕

相期註世稱元白海外騷壇爭一席未見

風雲已消磨丈夫老去鬚如戟孤負風塵一表物論詩溪自愛奇崛助汝高吟有如鬚直驅長句氣沈鬱

壬午清明感賦二首

猶憶昨朝屬禁煙賣餳聲裡在南天近來峨江早晨多有賣糖粿糕餅之童子聲聞戶外儼似故鄉情景誰云客子思家苦尚有

家人望眼眼穿

春城如醉雨如酥節是清明景不殊野哭千家淒絕甚東風吹淚遍江湖

茉莉花

生長炎洲迥出塵玉肌翠袖綽丰神梅華高枝纓華冶（茉莉一名纓華）未許同論為國珍（中國以梅花為

國花而菲國別
以茉莉為國花

夜來香

綽約輕盈瘦玉肌
隨風搖曳擅幽姿
何來香透疏簾外
伴我吟詩夜月移

飛鴻並序

壬午仲春十四日晨起散步樓廊忽見遠處

鼓萬飛翁自南方起初如雲蓋高張縱即向北直飛橫作壺山半霎間風馳電掣一去無蹤洵奇觀也詩以紀之

忽地飛翁起萬千迤隊行才霧高蓋舉又作壺山橫電掣波瀾濶風馳縹緲輕飄飄何處去一水隔重重

地震 並序

一九四二年四月八日即古歷壬午年二月廿三日午夜十二時許家菲力賓馬尼剌適逢天文臺測驗第七度地震撼動頗劇為平生所未遇因紀以詩

曾聞滄海變桑田今驗乾坤忽轉旋莊子云陰

陽錯行天地大駭

閃電生花眩老眼驚雷起粟聳僂肩置身恍在搖籃裏立逕如登大樹巔似此平生唯一遇新詩紀載當言傳

春感 集定公句八絕示冬心

莽莽畿西帝氣蹲罡風力大簸春魂聲

閱閉眼三千劫歷劫如何報佛恩

何似春山此時好，春山佳處淚闌干。米鹽種種家常話，搶攘鄽間一飽難。斗米第室餅餐者日有所見

過目雲煙浩不收，人間無地置無愁。閉門三日了何事，忍說挑燈為應酬。

安用冥鴻物外吟，狂言重起廿年瘖。遙

憐居寶英靈地市有風雷老將心聞長沙大捷

來代衣援羅海內空歸來料理書鐙紅文

筆風誼細評度才盡迴腸盪氣亂中

鬼鐙隱隱散秋螢七里虹橋腐草腥亦是

今生未曾有迴腸盪氣來載精靈葉偶義山附近

時有檢殺青年之聞

江雁早潮收暮潮江上騷魂亦可招風定月出半江白九歌吹入鳳皇簫

一例春潮汗漫聲詞鋒夜月互縱橫忽然閣筆無言說鎮物何妨一矯情

病酒

消磨歲月弄柔翰自笑平生氣味酸病酒

一春浩蕩吟詩五夜夜闌珊不出言忘事低
頭去大有為時放步寬華髮蕭疏今
老矣不堪相對鏡中看

劫後春二首

劫後山川未忍看瘡痍滿目總心酸子規
血染沙場赭鴻雁聲斷白日寒風緊

随風飄泊落花濺雨涙闌干傷村杜甫傷春妝一倒驕態入筆端為誰辛苦入南洲衣食驕人萬里游涙眼看山青作黝塵襟滌垢去還留其隨鐵馬歸聲盡險失金湯水斷流曠劫今生未曾有也應詩句寫離憂

菲島淪陷美軍據守

麦丹三月辛以拓立

無援再淪敵手殊戰續
輝煌壯烈亦足稱矣

詠史二絕

先生何計毀蕭譽詩酒猖狂意氣疏頗
覺嚴年高讀左策言倚馬上歸書

多事樂天詩句識解詩不負為書姬能
輕一死存清範竟得千秋名字垂

八花詠

飢驅無奈走間關，千里援毫來，等閒自笑
傭書糊口拙，硯田憩歲筆花親。筆花
臨池無愛書狂草，取法伯高溯伯英，醉後
龍蛇驅霄底，雲煙飛過墨花生。墨花
平生麴蘖真知己，流酒傾罍自有涯，檢點

徊移拂襟袖酒花耀璨蔚成霞 酒花

紅爐活火煮寒泉聽取松風入耳圓閑適

茗花生鮮眼香留舌本破春眠 茗花

春歸海國杜鵑哀飄泊殘紅委土灰蚕化

美酒來護惜心花怒放笑顏開 心花

心田方寸種情苗灌溉殷勤著浚頻露

葉風枝忽拂展意花婀娜向人嬌 意花

伊人已在水之涯盡日相思不出懷莫訴

春風何得意桃花人面本来佳 面花

只為一點花事好尋芳眼為看花明老来

知是看花眼之底生花猶不清 眼花

無絃琴

陶公特製無絃琴絃外有音人莫識獨有心
絃淡且清以聲賴以發其趣
陶公詩已入大雅陶公琴不如有絃無絃有
絃適其意一琴一詩可並傳
我欲倣製無絃琴敢與陶公共以慰勞心
只在絃外音學是亦求味外味

石語詩

天機清妙王摩詰潑墨臻成石語詩萬水千山收尺幅祇令人拜南宗師

右丞妙手擅丹青獨往獨來輞川上眼底雲山筆底詩按圖無限心情曠

也曾學畫遣休暇雖乏師承師造化未敢自

謝石崖詩大巫我見避三舍

鹹冰梅

氣味雜酸辛 調鹽味轉純 相望雖止渴 濺齒那生津

菩提果

嘉名曰菩提 悅味實諫果 咀嚼若先嘗

四甘真意可

不寐

慮多偏不寐所慮殊無謂剛知所慮非慮從未能棄也思解此慮究竟真不易世間智慧者思慮頗深至顧後又思前往後難計次失矣不眠人輾轉是何意何

嘗起鼾聲心恬斯入睡夢中成詩一絕醒時猶能記憶倚枕書之

東風吹煦過春城中酒今宵未解酲斜倚闌干一凝睇萬花如海月叢生

再題集定公詞句兩絕

笛聲此起倦魂時，春倦如雲不自持。禪殘慧心無氣力，不容紅豆擅相思。

是仙是幻是溫柔，好夢如雲不自由。病蝶懶蝶狂不擇，他生纏綿此生休。

有悼 聞抗日諸烈士就義作

至竟成仁德不孤，溫酬忠過黃公壚，隻雞

斗酒何由發，豈獨心傷腹痛乎

初三夜

盛夏初三夜，蒙塵失意人，風聲驚破夢，何處可安身

伏夏初三夜，依然寄此身，玉鉤簾上月，照憶倚樓人

季夏初三夜鄉細歧路人蕭蕭總分雨

惆悵老吟身

壬午中秋

客裡過中秋五度露月滿回首望家

山十月音書斷何況滯天涯情深轉煩

懣今日逢今節無心為把觴團團明月

生盈盈照淚眼

雨絲

廉纖小雨是清明淒斷春魂路上行欲遍
沾泥留印爪黏天芳草莫為情

風片

料峭初寒報幾番春花有信在家園扁

舟欲仗東風力直送歸心到鷺門

壬午九月初八日四十九歲初度感賦

江山如夢夢難成書劍飄零感慨并何必知非待來歲不圖好色賦閑情（近作八花詠皆寫懷也）功名未就唯貧病哀樂無常垂死生生近重陽秋欲老黃花開處淚縱橫

秋感集定公句四首

秋風張翰計蹉跎其奈尊前百感何詎
分江湖搖落後江湖俠骨恐無多
雲煙萬態馬蹄澀閱歷天花悟後身莫
怨津梁爲客久天涯握手盡文人
側身天地我蹉跎紅豆年年擲逝波吟到

恩仇心事湧陽秋貽筆未宜多

三層閣子俯秋煙閣盡詞場亦惘然別有

樽前揮涕語東南幽恨滿詞箋

和醒余盦家元均

性命如何可為全況當亂世聾諸天何曾

憐物逐心處無為最時萬目牽沈醉纜

頭非酒盜狂吟月下即詩仙乾坤嘯傲
猶嫌仄祗有高人自放顛
醒余有宵深蛙蟈自鳴天向為成轆
轤體四絕
宵深蛙蟈自鳴天飲露餐風寄陌阡長
笑世人勞之甚爭逐名利縱堪憐

得失非關不肯隨宵深蛙蚓自鳴天清高
何物堪同擬卻有吟風葉底蟬
五載南荒來作客不堪顦顇為形役宵
深蛙蚓自鳴天以蒸以饑銷沈閒言適
月明樓上酒當前或慨高歌思情於轉信
輯以微物貴宵深蛙蚓自鳴天

夢醒余七號以宵深惟悧自嘲天為韻

一枝無那寄鷦鷯（用舊句）萬斛奇愁鬱不消

獨涵千林供一醉醉餘難遣可憐宵

結習難除狷放吟江山靈氣蕩胸襟年

來無限滄桑感寫入詩篇字字深

狂卻天生此副骸非儒非俠費安排未聞

江海浩今大瀛洋人稱井底蛙
一經喪亂風流盡説辱諸身孰不思自
託清高陳仲子子輿喻之以蚯蚓
異地風光心不醉蕉心轆轤鄉園思徘徊
歧路踟何之惆悵徬徨何所自
硯田愿歲稔躬耕未得優游物外情滿眼

風花蕭瑟甚心聲時作不平鳴
彌漫烽煙遍大千劫餘殘喘入窮年家
山何要愁撐眼擡首頻頻問天

疊前韻再會醒余

叢林巧歸愧鶺鴒壯志無端暗裡消風
雨滿城愁思長卻愁來日起中宵

寫懷無藉短長吟吟罷餘情散鬱襟收取
風花一枝筆浮沈人海歲時深
也曾放浪到形骸一味寒酸自力排閱世
累人能作達管窺勿笑井中蛙
勞人忙忙以力盡百折何如能百忍恬底人
生不自由深慙籬角墻根蚓

狂來縱飲神狂醉
神醉々中多妙思
眉々橋上月如眉
情主沈吟人獨自
人間去到且歸耕
隴畔田間繫我情
萬物得時風味好
寒隱時聽曉雞鳴
劇飲何辭斗十千
不知何世與何年
相逢莫問桃源事
已失秦人別有天

和王克勤焚稿原韻

心聲激發本天教，收取奚囊手自鈔。擁鼻微吟消歲月，掀髯若思費推敲。今生文字甚成獄，末世風人恐見嘲。付與劫灰同日盡，可憐心血等閒拋。

即事次龍光元均兼示醒余

胡部笙歌樂上浮，有人花底按涼州。似聞嚦嚦啁啾，燕燕相覓，閒閒浩蕩，鷗病蝶涼蟬。雖索笑，紅情綠意，卻生愁。可憐清景，悠悠思，閒居何其，萬以籟收。

疊前韻示龍光醒余

破囊星星濃淡浮，涼州變羽入甘州，輕金

金粉花間蝶浴雪飄風水上鷗鐙影玲瓏醒舊夢簾波搖動新愁雜楚對酒聽歌夜熱淚危時恐自收

再疊前韻示龍光醒余

姓字風流影事浮三生花草夢蘇州（用定盦句）危巢安處守簷燕閑窗忘機狎水鷗秋

鄉音清音工窮怨哀絲豪竹總含愁年來
不作尋芳客老眼模糊霧裏收

三疊前均和龍光醒余

澄澈天虛日月浮雲山萬里闊神州當
年意氣昂頭馬他日優游接翅鷗獨
飲不堪鈎意思閒吟無那散窮愁鑄成

大錯空糜鐵，覆水如何浮再收

四疊前韻示龍光醒全

處情避世恥名浮，幽獨人輕萬户州早已頭銜鐫隱鶴（十年前得水晶印一顆，鐫隱鶴二字），由來習性近閒鷗。南荒寄迹原無意，北海高懷豈解愁。且待乾坤樞軸轉，欣看海嶽版圖收。

五疊前韵示龍光醒余

棲遲人海任沈浮，錦浪鶯飛山水州。切盼鄉書頻問雁，寄情煙浦欲盟鷗。鵬摶未遂平生志，雀躍難忘去日愁。指點遙天雲樹裏，北歸珍重片帆收。

六疊前韻示龍光醒余

樓閣重重空際浮，撥開雲霧見仙州。相思
雅愛吟紅豆（近獲紅豆數顆，擬作詩紀之），魚影唯應玩白
鷗。千里家山頻悵望，五年客舍幾添愁。昭
蘇大地春回日，萬象更新眼底收。

七疊前均示龍光醒余

俛仰年華身世浮，老來深悔入蠻州。風懷

曠瀟清如冰吟鬢蕭疏白似鷗彈鋏半生徒自苦振衣千仞放羈愁湯攜斗酒雙柑往聽取黃鸝鼓吹收

次葉向晨除夕感賦元韻

海天萬里盼雙魚消息沈沈感家居寂寞山河喧鼓角爭馳羽檄動軍書竄詞

按譜翻新詞，傳酒擕盃借瘦蔬。誰似嗣宗酣醉後，能垂青眼步兵廚。

次韻龍光壬午除夕感懷

浪迹羈炎海，歸心繫故園。忘機鷗夢穩，入幕燕巢飜。風鬢添霜色，塵襟雜酒痕。祭詩師賈島，聊復慰吟魂。

年夜有作十二首 壬午

一年今夕盡去日莫懷之靜裏逢新歲
春風吹似爾吹
辭年我有酒取飲且自醉一覺迎新春
春回遍大地
今歲作詩多嘔心知幾許發討酒脯陳

欲把精神補
有人欲賣藥，藥卻無人買，奇貨或可居
善價求來歲
君子雖固窮，我窮不欲送，所以補過之
送窮猶屬空
七度除年過三千，宴語逢迎掌衣黃水

日夕去來憐
勞碌長年倦生涯間免虛而禁傷鬢改
無復舊時豪
收閑藥以賴寬心緒信紛紜自覺料理難
置之不問聞
年年如此矣少小成老大造物何苦哉

弄人太無賴

庸材殊碌碌書記尚翩翩作嫁年年過

依人祗自憐

壯心付逝水負影愛蓬廬切若陶公詠

時時過讀新書

迎春詞四首 癸未

春風吹到小廣東，喚起春魂浩蕩中。傒我
文章資大塊，園廳大氣斂鴻蒙。
未厭心緒過殘冬，今日迎春為振容。眼底已
無塵障在，青山如畫滿前胷。
作鷺藏晚臥滄江，忽覩春風面綺隨。黃水
潆洄天尺五，扁舟歸去任飄僊。

已曾瘦損舊胥支且喜春回天步泰整頓
奚囊拾吟料登山臨水好尋詩

紅豆吟三首 並序

客贈紅豆數顆晶瑩嬌小紅艷絕倫珍
藏什襲藉慰相思成紅豆吟志喜

輾轉相思又一年相思無計把情牽得來

南國相思子
贈我相思在客還
紅似相思綠似愁
定公詩語是風流
頻來紅豆情何限
一笑平生豁兩眸
為憐紅豆閣吟窩（命所居曰紅豆吟窩）
兩字相思久不磨
韻事前人多異趣
平生風月遣詩魔

人日遣興　癸未

夢醒意惺忪，層雲欲盪胸。鷄聲方起舞，今日正相逢。興到詩情發，心清酒力濃。春風懷抱裏，何處不從容。

元宵三首 癸未

和煦東風生滿室，輝煌明月麗中天。一年好景今宵最，獨自徘徊未忍眠。

南州景物似中州異俗殊風慚繆酬好共
月華談竟夕直驅酒力解詩困
今年月擬去年圓慰我多情在客邊殷殷
一輪千里共儘將離恨付雲煙

客中書懷

人間何世又何年雙眼滄桑劫後天縱飲

固宜張酒膽苦吟未覺瘦詩肩六年石
硯隨江宅萬里漫拋負郭田差喜天南
多舊侶客中書共流連

生死篇一章弔黃土埃烈士 並序

烈士以抗日被敵拘病無醫藥死獄中時一九四
三年三月十七日越日其家人領屍大殮予往

而成此詩不知涕泗何從也

我人有生死有死係有生亦有生如死亦有死如生有視生如死有視死如生者生不如死惟死不愧生寧為赴義死不可苟偷生偷生毋寧死得死亦猶生君是今日死亦是今日生願君瞑目死君不負今生

客中端午和崔植韻 癸未

又是端陽節鄉關涕淚零懷時歌楚些
弔古望湘靈吟苦雙肩聳情深兩眼青
客中唯有酒衆醉我何醒

江樓吟集書賦

海天萬里盡滄溟極目臨風上峻樓未遂

羲笑歸卧戀還期，顏謝賦清遊斗升酣。與蛟龍競高潔，欣從鷗鷺傳星處江湖。堪嘯傲好憑詩酒互賡酬。

疊前韻

北望萋迷白鷺洲（度門為古白鷺洲，望高山上有石刻）。雖悵棖闌怕登樓，飄零此日消豪氣，潦倒今生絕

貴遊嘯傲林泉嵇阮侶商量文史馬班儔
塵囂萬丈浮沈裏自愛吟詩任筆酬

予與陳清漢蕭雲龍同生于甲午年皆
五十回合攝一景紀念系以小詩

鷺江有三友聯翩飛鳥集同生于甲午行年
皆五十天命乃可知學易正相及三人恰成众

磊落出山岌，一笑爱题词。本诗人结习，章句石馀人珍藏为什袭。

中秋感赋 癸未

极目望神州，清光万里浮。微躯经浩劫，细雨过中秋。未忍风流歇，偏教月影羞。今宵殊冷落，惆怅倚高楼。

秋感次茂植懷人韵

身世飄零遭劫火江湖萬里費神思撑腸
不足書千卷在手常存酒一卮未愜人心風
北向難循天道日西移胸中磊落溪相
待此言平生足自奇
九月初八日五十生朝感賦 癸未

今朝宴客若無錢，借得換頸何醉眠。老我風塵年五十，悵他流落劍三千。窮邊初度秋猶媚，海角高吟句少妍。欲遣幽懷銷浩劫，不妨快意且當前。

自題近景兩絕集定公句 癸未九月

身世閒商酒半醺，胷中靈氣欲成雲。一篇

一劍平生意倒立南天未藏勁
南儀北駕怨三生難遣當筵遲暮情守默
守此容努力非將此骨媚公卿

九日書懷 癸未

不必登高更層樓目已窮九秋三面寂寞
一瓢去南來作客天涯久思家夢裏過胸

中霧氣在何日化長虹

題枕的句

冰紋簟上證前因，香繫成團輭不親。為問黄粱今熟未，繁華一覺夢中身。

讀定盦詩集其句題後

文心蕪似畫家來，飛去胸中不費手。一卷時

風開不得九州生氣恃風雷

客懷集定公句二首

偶從吟鞭便驅車欲無隻夢墮天涯起
飛歷歷樓臺外浩蕩離愁白日斜
寒從吾清西秦何風雲材略已消磨夕
陽忽下中原去將倚東南涕淚多

次韵陳清澤自題春郊試馬圖二首

逐日追風欲絶塵，英姿颯爽健兒身。畫家位置丹青裡，奕奕神情物寫真。

馬蹄蹀躞書生氣（用空公句），不放春驕玉勒閒。一段柳堤千里志，青青雲鬟鬟繞青青山。

鄭海壽吳素寶婚詞二首

藝林志道兩相伴，鳳吹鸞鳴福慧修。儂自揚歌郎按譜，新聲燕爾唱河洲。

家世板橋已早馳，君今繼起更英奇。還將握取丹青筆，晨夕閨房好畫眉。

論詩一首贈王友梅

詩老王漁洋，作詩標神韻。一代仰詞宗，永垂

後人訓君是漁洋胎息何相近詩學非尋常
人力兼天分天分似礦苗人力似冶鍛火候到純青
詞華自璀璨又如製衣裳先要量體段再後
動剪刀便不差分寸工夫既精熟功信而事半我
言比窮荒勿以爲河漢還以質諸君答我以高論

芍藥詩和協和元韻

虹橋明月寄閒寄身玉立臨風媚態新簇錦畫欄呈色相繁絲金蕊見嬌顰豔妝誰分來爲侍善謔何妨且贈人似笑無言婀娜甚仙姿綽約有餘春

鴨餛飩

嘗讀方回詩紀載鴨餛飩精工留口契記取

秀州門（方回詩：爭似梢工留口喫，秀州門外鴨餛飩）又讀曝書亭詞家朱彝
尊長篇紀斯物滋味道津津我向未嘗試敢與
憑討論及到馬尼剌斯物嗜者繁大街與僻巷
賣者呼聲喧一觸老饕興數顆亦咀吞謂蛋未
成胎味薄而清純謂胎畧成形味濃誰比倫且含
維他命食之能補身即世所稱美態魚與雞豚

若非烹調工詎成席上珍斯物經火熟精鹽可
入唇不勞名廚手持以下酒罇一試竟果於快意
獻百飧苟同嗜者勿河漢吾言

四憎詩

蒼蠅實可憎誰與爾同情附熱時雖久呫腥
欲易盈酒邊紛擾擾席上鬧營營餌汝膠和

蜜食甚了却生 憎蠅

長夜鬧飢蟲嚶嚶聒耳聞嚼膚諸小技吮血
擅專門無力負山去徒勞作市昏火攻原上
策未許汝生存 憎蟁

無以琵琶蹄捷遲無空蹤幽藏欣敗絮隱匿
喜深縫氣窒神情惰身肥意態慵沐湯加

到此相逢漫從容　贈凡帆

蠹魚鑽故紙辛苦作生涯玉簡遭蠹食中箱
任牴排神仙那得蝕身世久沈埋脈望成何日
詩書空滿懷　贈蠹

自題椰林覓句圖

遍地烽煙劇可哀故園不忍首重回飄零

海角詩人在獨向椰林覓句來

蕉窗尋夢圖為覺夫題

不堪展轉夢中尋慈母相思刻骨深細雨一宵無限意兼柔能繪美人心

鍾馗夜巡圖為覺夫題

終南進士鬢如戟雙目炯炯軀幹碩膂橫

寶劍塵昏鬼物過之多辟易畫家寫此
意胡為驅除魑魅到蠻貊青林黑塞在
人間勿徒玩賞祇糊壁

贈韞玉

吾宗有逸人與我交深篤過從況親密
時得見心曲志行似林逋梅鶴伴清福第

里路能行萬卷書能讀閱歷自高深
談吐何可卑置身闤闠中不與利爭逐書
法追坡公一揮千毫禿腕底走龍蛇人爭
珍尺幅稗官與野史嗜好近彌酷有時
廣座中如數家珍熟說傳自現身劇中
一主角振聵發聾移風而易俗清簟

踞簾下消閒棋一局，藉事亦能事，教人長佩服。似我嘆飄零，滄海之一粟，老來百無成，忝側諸親屬。振起賴有君，不為家聲厚。我言非過譽，事實乃真不確，欲上措他山石，攻玉又攻錯。

和黃雅谷賽月詩

雅谷又名以咸士，字柏楷，能詩，善與人交。

我作紅豆吟相思人千里君作霽月詩新昏志燕爾一樣寫情懷各自分悲喜我詩向未工君詩語多綺念我而談君韻事真堪紀君歸蒞島雁輕盈體態美嬖貼與溫存誰都難比擬言莫識缺否會意知底裡情欲比鰜魚相娛樂在水古來英雄輩多半

爲情死君乃多情人當旅悟此旨君詩和者
多留作他年史

贈王健堂丈

漁洋詩筆老彌工海外飄零命豈窮種
樹木槖駝傳妙訣栽椎潘令仰餘風丈喜種花果曾令山東某縣有政聲
千言文字中西貫萬里行蹤歐亞通

閱歷既深人不俗藏胸浩氣吐長虹

靜坐

無事此靜坐坡公句暫覺少形勞澄心兼養氣聊以散鬱陶何用吟佳什何用飲濁醪倦矣睡眠去議論太滔滔風雷方戰鬥魚龍回回逃持此物外心不須染塵囂

悼華僑抗日殉難諸烈士

寇燄方張日諸君就義時千秋堪景仰一死竟無辭勝負分明在安危已可知會看東海上痛飲滅蝦夷

挽余清箴四首

同學少年多不賤惜如君早歲已騰驤不

國寇殲將銷日〻竟爾傷生怨恨長
經年桎梏苦親嘗不死幽囚〻竟死兇如此
殺身原太慘國仇家恨一重〻
寂寞泉臺晨與昏相從子弟伴孤魂中
郎有女傳家學光大門楣等後昆
攜擇儇權抱玉冤江城落日鬱歷聲論交

卅載傷知己，何處招魂叫九閽。

夜坐感作二絶

萬里投荒悵此時，夜来枯坐苦吟詩。回思五十年間事，一半消磨在酒卮。

一鐙相對夜如年，萬籟無譁寂是禪。佳句吟成飜自笑，幾回消瘦到詩肩。

寄茂植南島二絕

劫餘喜讀故人詩，況是西窗夜雨時。無限

情悰悽懷憶，何時剪燭話流離。

當前景物殊蕭瑟，不待秋來意已悲。破寫

新詩多淚譜，幾回下筆又遲遲。

劫後感懷次蔡健庭原韻

破總仲宣賦七哀劫灰堆裏拾詩林古城
喋血盈溝壑荒徑生煙没草萊碎瓦頹
垣橫道左斷橋流水咽江隈風雲變色渾
難辨疑是乾坤混沌開

故人四首

故人久困圍城裏消息沈沈杳不知念亂

傷離無限恨何當把臂慰悵思
枕上微聞晝夜臨故人入夢喜難禁鷄
聲驚覺人何在殘月窺牕曉色侵
危樓安處幾經秋閒度浮雲與舊遊
子天涯念故人相思兩地情如一
重光天日我生初流落身經喪亂餘千

早已勞相問訊開緘喜讀故人書

對鏡

閒來對鏡一凝神白髮青絲判兩人歲月蹉跎人不覺今吾不是故吾身

對酒

青山不老水長流代謝新陳去復留莫嘆

人生幾何日當歌對酒送春秋

羈懷二首次健庭元均

濯髮何當暘谷濱江湖久困計長須愁

邊胸次應添恨靜裏心中獨愴辛遣興

終嬿無年年厭情殊少可人人也知逆旅爲

天地不用同悲萬古塵李白詩天地一逆旅同悲萬古塵

抛却家山歲月遥，客懷閒卧伴海寮。清風帶玉披襟爽，明月時来薦枕嬌。東海揚塵兵氣盡，南洲焦土劫灰銷。此身初歷滄桑變，好待歸舟趁早潮。

坐雨四首

朝来密雨撒千絲，坐對閒牕有所思。案

上有書卿窩目尊卬無涯獨攢眉未參妙
悟窺三昧欲作長歌總五言應亂心情長
鬱結低佪何事繼塵羈
世網牽連似亂絲何曾循理抱長思儘
多離恨催年鬢卻少閒情覽展我眉
覽古興懷深一晌撫今感事為餘意疏狂

任率遭時忌跌宕風流不可羈
墨子何緣悲染絲茫茫恩怨豈深思青天
白日開雙眼慘霧愁雲鎖寸眉大地
繁華成短夢百年興廢付長嗟此身無
限飄零感偶寄天涯久絆羈
清歌遙引出寂然嫋嫋餘音動客思詩酒

爭雄閒捍闢江湖四影將軒眉人間應付
雖啼笑世界紛纂奇嗟嘆多少勞勞塵網
盡只因利鎖與名韁

書集烈士傳後

讀聖賢書責實行從容就義死猶生寄
寄疑札斑斑血俠氣英風竹帛名

烈士由獄中寄出後

刺血衣并附短札
有救身成仁之句

典衣

幽夜猶餘蠟燭微冥搜静討費心機論
交知己唯紅友不惜春寒為典衣

投荒

萬死投荒兩鬢斑何年歸隱一身閒但求

老去山林樂（晴）嘯傲煙霞任往還

餘生

顛沛艱難不忍聞三年人自悵離群今來
海國回天日請保餘生出陣雲

記夢

記曾醉後擁嫣姬不亂中懷好自持千

古人傳柳下惠餘風未墜我能追

作詩三首

作詩薄模擬以異而貌同自我而作古得
失寸心中品評憑人見賞識在雙瞳設
有疵議者當作耳邊風奇語難諧俗
諧俗恐未工

作詩貴雕琢，雕琢病未能。嘔心笑李賀，推敲陋賈僧。興到隨口出，性靈敢自矜。草草聊寫意，不望大雅登。詩名倘有在，附驥一蒼蠅。

作詩本有意，好句出無心。誰知平淡處，微妙轉幽深。欲寫秋懷抱，因作短長吟。吟

成意自適藉以覓賞音賞音人不見何
如碎其琴

飲酒 並序

曩予在鷺門與酒為緣日輒飲飲輒醉醉輒放
歌至卧汙泥而不覺人目為狂不顧也南來
縈懷家國悱鬱寡歡填胷磊磈藉酒以

澆尤時不離左右今者天宇澄清昇平樂
奏狂歌醉舞放態漫萌因緣長結知己
無他作飲酒詩以寄意云爾
我是飲酒人人曾可去酒磊塊藉以澆結交
賴以久大爵過屠門浮白即開口有酒稱時邀
歡伯有時呼紅友助我吟小詩詩成酌大斗

不須嘔心血不須八叉手七步湯今能萬言敢自負詩狂吾豈敢酒聖本天受醉淺學藏真胷底龍蛇走侍側有二豪忘懷如五柳罵坐灌夫清頌德劉伶偶家貧只舊醅相對杜陵叟一舉累十觴夜雨剪春韭二語用老杜贈衛八處士句雞肋避尊拳

醇澤何温厚是真不愧天生氣質中有
老欲營糟丘大書曰某某

自題隨天付與廬詩録 並序

菲島陷敵倏經三載當是時也喘息不安
度日如年至今思之猶有餘痛解放後家
居多暇撿點行篋藏有舊稿自戊午迄

丁丑計二十年刪汰其不合意者錄而存之得古近體詩都六百零五首別爲一集亦劫餘之珍品也

自我學作詩行年十八歲其時稿紛披隨手輒散棄少作不足觀詞句多幼稚編年詩自錄乃自戊午始時年方廿五漸識人間事理

鷗吟社與文字結深契時蘇盦吟社鷗江吟社相繼成立予均參與其間唱和託詩句將把性情寄歲月任蹉跎風雅幸不墜迨至丁丑秋東夷狂作祟大地遍淪夷中原如鼎沸整裝來菲島聊作避地計舊稿藏行篋還不加諸意戰雲瀰東亞菲島難例外淪陷倏三年解放天開泰雀躍喜不禁喜極又隕

蕩回首三年中喘息良不易浩劫瀰漫頭顱

古若此屢家竄歷艱辛劫火飛不至廿年

心血存如何不心慰燈下自校讎重新為整

理開卷悵年時影事分明記去取不妨寬約

畧而刪汰六百零五首內多未純粹區區之編

詩屬世能無媿爰筆錄存之別集以藏庋

千秋萬歲後敝帚自珍貴

書懷

我縱不飲酒家亦未必貧我縱不讀書處

惷不益生讀書飲酒兩無用鬱鬱半生氣

難平南來乃為飢所驅飢來驅求我貧莫

名金銀氣盛人情薄斯文掃地書生輕生

成傲骨難諧俗拜金慚愧我未能回頭自覺
南來誤誤我讀書飲酒是真情高吟快舉
杯聊作不平鳴

乙酉九月初六日五十二歲初度感賦

詩窮人更窮咄咄嘆書空不死妖氛裡
猶生濁世中五旬又過二重九雨和風買

詩向舟中閒軒面菊叢

憶我始生年東南方作難國危瀕倒懸民

苦墜塗炭始啟肆鯨吞終歸如鼠竄一身

治亂經轉眼榮枯換

送董春滿歸鷺門

韓公送董生持論燕趙士感慨發悲歌聲

風而興起令我送董生前往鷺門市鷺門
非燕趙南北何必擬燕市多屠狗鷺門亦
有矣董生天性人率真見表裏小節本不
拘大節知所恥追尋屠狗輩論交誓生死
喜從酒肉徒結識難終始臨歧無別言寥
寥數語耳

寄家書二絕

天涯客老戀高秋和煦如春不肅殺長夜

思牽九迴腸且傚僂溪織書札

燈前下筆春蠶食滿紙淋漓塗墨迹不

盡千言萬語中何如相對數日辰夕

送李根香歸國

昔者蘇別李贈答各有詩千古引美談名字
青史垂令者李別蘇是不可無辭蘇李文字
緣早結在灣時況同客異域情景頗似之君歸
我獨留我留君不遣客愁兼別恨眷戀尚在
茲憶我識君年七載又有奇詩句相倡和金石
為磨治久要交心契時復共情怡三年鐵歸下

利哭更安危劫後道无恙相見一軒眉稱慶兩
顴手平胝及鳥南歸去松菊存把醆醉東籬
臨歧無別語後會定有期明年春水乏待我
鷺江湄

述懷次謝選民原韻

多難吟身曠劫餘客中況味近何如不才

鍛鍊工夫淺薄魄，平生志氣疏。戰伐連年
疲兵馬，家山帶水香。雙魚湯游詩帙藏行
篋，著撫長卿賦子虛。

送丘均山丈歸國

舊花依草丘希範，文采風流老更親。劫後
相逢道無恙，客中況味領來真。投荒千里

通蠻語（君著有達加祿語之研究一文）遯跡三年作逸民一夕秋風動歸思也應適意在鱸蓴

克勤出詩索和闕然久未報又催以詩次答

仲宣才調大無如我愧陳書懶祭魚敢比飛卿八叉手閒來弄筆倚牕虛

尋常詩債負平生累日呻吟擁被成索向儼

錄同案倩叢令敢與總詩序

謝榜承歸國有日賦詩留別書此送行

有客滯天涯遙望鷺江水有客賦歸來

侍奉慈行李留別有新詩清詞何疊疊我

詩徵和作勿送愁片紙天涯客鄉懸飄零

嘆遊子客中難送客惜別情無已寄語

歸家道故鄉近尺咫一帆風浪靜安穩達
梓里傳語報平安家人空歡喜無物堪
奉贈千萬珍重年

偶成

敢奮豪氣動風雷一片精誠金石開猶往
猶來人不識高吟何處展雄才

挽蔡及時烈士

視死如歸日從容就義時百年懸世變一死繫人思豪氣長虹吐英風晨照移東事今已矣勝利報君知

挽蔡派恭烈士

人生天地間遭際各不同或同草木朽或留

竹帛功唯君稟性厚追古烈士蹤殫力當不懼赫赫氣如虹從容以就義成仁作鬼雄千秋人共仰榮譽及家邦

醒余艁象題句

邊幅不修名士氣正襟危坐為尋詩何須擁被呻吟索自有驚人句出時

琴

流水高山上移情到夜闌知音非易得
且莫對牛彈

棋

勝算操難定護兵指顧間全盤差一著
得失豈非關

書

筆陣圖參透黃庭寫數過龍蛇能起舞
欲待換群鵝

畫

丹青圖一幅名字千載垂能處王摩詰
繪成不語詩

得錚兒家報知故人無恙喜書一絶

四年追記語千言灑灑洋洋不厭煩報道故人多健在裁牋遙與寄溫存

題菊花句

喜同梅蕊經霜傲羞效葵花向日傾自隱籬邊甘寂寞不逢陶令亦成名

贈莊天駟同學

猛憶吾師相勗語，出藍青華勝於藍。

李師繡伊題予少作書扇有出藍青華勝於藍之句

得君才俊居門下，藝苑他年繼美譚。

贈許熙章樂師

樂律簫聲妙入神，引商刻羽響飄新

蘊山老病霽秋死（林霽秋精攷證，黃蘊山擅吹簫，稱鷺門南樂二妙）按譜推君第一人

春日書懷

萍蹤無奈滯南溟，變幻滄桑眼底經。
坐對簽書春酒綠，夢迴千里枕鐙青。
鄉書訊斷愁鴻雁，手足情親痛鶺鴒。

南游後三年印

遭先兄之痛待趁好風移櫂穩煙波縹緲送歸船

劫後重逢茂植表贈

道喪嗟何及蠶叢讀幻噓鶯花三月莫蕉雨隔紗窗同甫詩無敵元龍氣不降倦游思買櫂漁唱會雙江

次韻茂植劫後重抵峨江書感二首

兩載分襟易重逢春不遙滄桑經歷劫人事去來潮舊雨傷遲暮新歡感寂寥何當旗鼓整聯唱日兼宵

吟侶空江寂風騷不可期海天垂老去人物感當時困頓貧兼病荒唐狂更癡肚

皮經世變總不合時宜

送王人傑歸國

讀君留別詩起我他鄉感鄉思與離情
下上心坎悵惘在臨歧不勝消魂黯憶我
識君初文字為延譽佳言滿談間多明見
肝膽置身闤闠中未曾趨氣燄是真吾風雅

儕俗塵一石栗天涯同歷劫山雨是艱險歸
去奉慈親孝行本天稟君歸秋寂寞誰
共文字飲萬里陽雲天際風盼尺錦草草
數行詩付汝加題品卿以壯行色聲裝伴
孤枕

挽林以賴餘烈士

聯吟鷺島氣猶豪，卅載匆匆白髮搔。三十年前與君聯唱於廈門競存校舍

杜甫哀時詩作史，董狐書法筆如刀。安貧知命屬吾輩，取義成仁愧彼曹。一死平生堪論定，千秋人共仰風高。

詠茶

鳳餅龍團比花春，甘芳可口齒生津。益思聰目人如意，換骨輕身品自珍。聽取松風湯未老，瀹成玉乳色猶新。莫嫌久滯篝爐甚，洗盡胸中渴肺塵。

處世四首

處世知世味，世味本澆漓。老經不爲怪，安

之後妄將頹波雖欲挽獨力已難支
硯田無稼麥力耕猶食貧安年嗟何及
涕泪忽沾巾書生百無用萬不確又千真
思欲投筆去羞居与市井倫
酒後發狂言平生唯此病明知禍從口但
磷天賦性改難安緘默獨行不由徑自笑

非卧龍致遠而寧靜
子輿誠好辯善養浩然氣維摩病榻
中散花悟禪味庖丁解牛刀游有餘
地物理兼人理敢云無二致大力轉乾坤
斯言待嘗試

叔欽

放飲方沈醉，擊杯手不停。平生千種恨，付與一鐙書。大覺天猶夢，閒談事不經。空江秋寂寞，高處瞰滄溟。

雲齋有懷歸吟之刻為題二十八字

十年冠禍痛流離，萬里飄零倦鳥飛。至竟悵歸歸未得，悵歸淚漬卷中詩。

市樓小飲

萬丈塵囂滚滚來
市樓小飲意低回
悲歌感慨今猶昔
不見荆高共舉杯

市橋小立

車水馬龍絡繹過
爭投利藪疾如梭
市橋小立誰知我
獨自徘徊悵若何

次韻雲聲丙戌除夕感懷

一年賸此可悄宵，客邸如何遣寂寥。爆竹兩三驚鬼物，戈矛屢戰天驕。道微邪說歸揚墨，政病窮民望舜堯。靜對青鐙消歲夜，又催白髮過春朝。

春日雜感十四首 次雲聲丙戌除夕雜詩元韻

抽絲垂老似僵蠶如此生涯尚可貪欲把
詩腸來鼓吹便攜斗酒與雙柑
不獨情牽在柳絲南荒十載嘆支離欲
成詩句多傷感絕似開元天寶時
罷講歸舟已有期蠻花犵鳥笑吾癡十年
影事分明記記取江干話別離

人生落拓如飛絮，身世飄零似轉蓬。猛悟當年浮海日，有人羨我是乘風。

別来无恙舊山靄，鄉夢沈沈今已醒。倦鳥歸林不回首，春風珍重振雙翎。

家山消息不堪聞，排難何曾便解紛。紛動鬩牆招外侮，一時智勇會風雲。

寒聽雨影殘鐙淚，時作長吟復短吟。重疊新愁兼舊恨，可能一一付詩心。

舊雨不來新雨來，慰情聊復笑顏開。相期佳節重陽日，籬畔花前共舉杯。

長令我與我周旋，依舊天真似小年。今日飄蕭華髮也，未須遲暮感當筵。

一事無堪慰老妻，香衾孤負玉人攜。天涯不少閒花草，未許風流色笑低。

高唱南人爾汝歌，酒邊棖觸感何多。小樓昨夜延初月，壯志橫江擊素波。

爲解離愁動酒兵，離人有夢計歸程。鶯飛草長春猶在，獨往獨來任寄情。

財能使鬼復通神萬古終須付劫塵閱
盡滄桑還故我清風明月作閒人

我亦江湖一散人酣歌醉舞浮閒身風光海
分年々似隨處徘徊賞古春

桃花次半邨老人韻

絳霞紅雨儘情看相對無言不覺寒酒

暈潮生騰耳頰醋酸妒煞恩權殘門中人

面歸何處付於春江水幾笑駕洋扁舟

尋舊路煙迷莫認去來端

自題近景 丁亥正月

牛馬任人呼莊生是我徒酒杯長把握詩

句滿江湖去日艱來日今吾判故吾漫游

經十載歸去望東涯

次均答心廷

崖星布聲似大音聆音不覺感人深銅琶鐵板懸蘇軾琴括精微仰吕忱晉吕忱著小字林六卷儘有匡時言論筆無多應世結交金聲叢詩帙添行色海闊天空越嶺吟時予將歸國

寒食二首次坡公黄州寒食韻 丁亥

避冠炎荒來忽過十寒食春去又春來〻去難
退惜東風著意吹景物未蕭瑟故國涸腥羶
今日欲洗雪斯功將〻屬誰群策與群力十年
憤恨消滿引一大白
炎荒何所有蕉雨椰風已日暮〻亂龍在中天滌

愧唯莪蒿何為邀明月攜江繼一弟詩句潛推敲敲言迅發命故園雖在望雲樹隔千里帶水歸思遙重疊旅愁起

清明二首疊前韻 丁亥

今日會清明昨宵作寒食韶光去不回未容人護惜天涯多芳草餘春來蕭瑟南

荒終歲熱北地千山雪側身人世間實沒艱
物力思家攤買棹江干波浪白
客中過清明絲々雨不已游子感亂雲間愁
藏皮囊潮江間清流臨流欲航第歸去
製新詩々成塗滿帋寄與素心人題足滿千
里報我紅豆吟相思一夕起

感時次照老見懷原韵

亂離猶未已揮淚哭蒼生疲瘼連雲起飢荒遍地驚昇平空想像粉飾雜簫笙風雨漂搖日悠悠故國情

殘春次克勤元均

到處東風送輭塵天涯芳艸戀餘春落花

無語饒詩意曉鳥多情勸酒巡寒食清
明成過客時光流電轉飛輪夜深頓覺
千家靜默聽風聲雞犬猿

岷江初夏

四月清和草色齊氣郊紫上碧玻瓈椰
懷釀酒銜觴詠蕉葉爲箋信筆題怱

聽罷鳩呼布穀作晴梅雨後生霓紗涼
結伴驅車去巴石河邊夕照西

苦熱二絕次堯勛原韻

炎蒸到處盡晴空盼切南薰解慍風安
洋冰藏來可口（可口可樂汽水名）詩脾一沁並玄同

文中子無所樂無所苦無所喜無所怒萬物玄同

馬容山火噴高峰（馬容山菲島著名火山）熱焰燒天熾炭烘見笑汗淋稱學士汗淋學士愧顏紅（東軒雜錄學士王平甫盛夏流汗浹衣劉貢父曰真汗淋學士也）

出門

出門真惘惘一去到天涯千里人為客十年夢轉瘴海天心浩蕩風雨夜淒其極目

神遊望低回落照移

一枕

一枕悠悠思家山夢見之團圞妻子在零落故人稀難忘恩仇事猶驚鼓角悲

破隱明月玉照我賦新詩

吾生

吾生雖有涯慚愧未能盡形影亦徒勞心
情良可憫窮愁為打開浩氣在含悲造
世要驚人不妨令俗哂

重午客中 丁亥

客中逢重午憑弔古詩人一例離憂苦千
秋姓字新宅心明治亂繼志付沈淪夢

夢天難問脩風招愴神

早起二首

早起啟東窗殘月欲眉稀一見銷我魂懸

我久羈旅瀹泉理茶鐺玉乳誇新煮一啜

沁心脾再啜滌煩暑何以寄閒情對月

頻延佇

早起居吟眸遥望波羅山（寓樓斜對安知波羅山）曉日散霞綺歷歷見螺髻螺髻含媚態明鏡一開顏伊人雖宛在咫尺不可攀何當通微詞聊盡平生歡

閒居飲酒三首

老去無求唯酒耽一觴獨進味醰醰塵

中彷彿淵明在且慰平生共笑談
盡日忘饑賴酒歡小樓閒臥醉沈酣有
時悟徹無為旨獨釋彌天李老聃
清貧不計家無儋有酒消愁醉亦甘獨
是聾瞶安可誑澆漓薄俗信難堪
自題近景 丁亥五月

不修邊幅任司隸，喜飲醇醪阮步兵。結習雞除名士氣，十年海外藉詩鳴。予旅菲十年刊有菲島雜詩，近又有曠劫集之刻

平生一首

平生性與淵明近，好事時來送酒肴。竟為飢驅還乞食予有和陶乞食之作，風塵困頓幾

賀文

閒居飲酒二首用吳又韻

滿座聲姬唱是鹽，攝衣箕踞奮髭髯。新醅椰酒初開甕，一試甘芳吐舌尖。

到處行吟酒可賒，老來豪興尚堪夸。醉餘筆底風雲卷，險韻何曾讓島叉。

讀淵明傳書後

攢着杯之酒適之意琴無絃歸去三徑在

平生五柳傳小飲期必醉銜觴自陶然

讀書不求解識見高前賢我愛陶公

詠飲酒二十篇

次均陳少軒歸國留別六首

我別家山六十年讓君先我著歸鞭夜來
無為相思苦酒淚參差漬枕邊
平生履險竟如夷除卻杯棄了石悲猶
有獻壯在詩一卷來輸陸賈當時
數生熙攘在當途未趁秋風不憶鱸花艸
巒花婀娜甚坡老顛倒到今吾

欲浇垒块酒频倾，好似鱼儿得水生。三十年
来如一日，独于红友最多情。
高山流水意俱寒，古调而今谁得弹。此
日临歧送君去，阳关一曲正艰难。
故垒延平历劫存，曾闻驻马似云屯。归来
认取旧游地，不是当年白鹭门。

中秋感賦次王觀如元韵 丁亥

月明今夜夢魂遥，秋色平分客意消。肝膽照人三尺冰，風塵伴我一枝簫。銜泥燕入烏衣巷，野草花開朱雀橋。一例瀟瀟懷故國，飄零海外莫云聊。

壽陳菊農

九秋景物繞黄菊正香歡陳君初度日
引領鷺江潮潮來旋復去天地氣泬寥
君年五十四疇為似一般我同君年月予生于甲
午九月初八日早君僅四天耳曾共菲島儔天南卓枝掌勞力
討天驕身幾遭不測生命幸天邀暇未終
居服君仍不自聊黄金知甚物傻髮潮

蕭蕭勤於悟今是（君題其居曰今是室）歸去舟棲棲
知君能務農命字一何超文繪歷耕
圖（君自石雪庵繪歷山耕田圖）託意深且遠農爲國之
本本之主國不漂我不如老農從從事其標
華宗崇大舜任人頌神堯桃源藏大有
柴桑酒一瓢年年重九後親舊每見招

愧我困風塵塊壘未由澆

寄黃胄兼鷺門二絕

千頃汪洋黃叔度，一生好客鄭當時。歸來挾得風霜筆，日瀉江河未見疲。

海外東坡傳已北，飄零尚見老吟身。椰林風雨書鐙夜，獨對金尊憶故人。

次韻雲聲重陽生日感賦四首　丁亥

十年海外過重陽，生日重陽快舉觴。詩寫弄璋還自壽，盈門喜氣而相當。昨朝家晉鶴南飛（九月初八日為予生辰），忽憶天涯滯未歸。今日重陽壽黃菊，一杯相對寸心違。今年自覺有涯生，消盡胸中之氣不平。破

浪乘風年少事不辜我輩倦游程
游戲人間百不為歸來行李一肩詩安貧
誰識揚雄志有人來載酒隨

今日登樓感賦 丁亥

飄零十載歷辛艱今日登樓豈等閒縱
覽雲煙窮世界遥聞鼓角劫關山秋深

海外生涼意（炎蒸終歲熱，唯今年略有秋意）酒澆腸中轉病餘，節到重陽，悵故國東籬佳色付追攀。

補破書

宋槧今珍本，陳編飽蠹餘，荒攤遺業置珊架，念居諸收拾，藏緗帙，摩沙手展繙書，蕉牕鐙下讀，夜雨起蕭疏。

賣詩店 並序

地在廈門玉屏書院東偏舊祀柳仙院清末改學校入民國爲思明中學及十三中學時題額尚存迨廈門中學建招待舍乃失相傳清初柳仙屢著靈異有柳仙題句此筆也

柳仙是何意縣額賣新詩詩成自題額字字
灑珠璣末世文章賤賞識有何誰嘔盡心
頭血烏雞療一飢仙人好風雅有求輒應應
門庭鬧若市詩句未嫌遲以文來會友心
曠更神怡頹風移倒挽大雅仗扶持藉
以自消遣那惜斷吟髭惜哉詩僅傳全豹

箇中窺得此已足多千篇何用爲仙乎傷
猶在乞詩讀浣薇何若窮婚工詆安俗
誰醫自笑工夫淺獲益當在茲

佳眠 並序

王羲之帖云向宅上靜佳眠都不知足下來
問予無飲必睡雖大呼亦不之覺與右軍之

佳眠有以異乎

被酒人佳眠向晚閑幽屋潜失既忘懷知足便不辱忽有客來臨扣門聲剝啄呼聲震若雷酣酣猶未覺長夜自漫漫晴隱見紅旭隣舍為余言相與一大噱

醉眠吟 並序

坡公有醉睡者詩云有道難行不如醉有口難言不如睡先生醉卧此石間萬古無人知此意似有感而言者即如今日之中國其情景亦正如公之所謂道難行而口難言者也因廣其意作醉眠吟

大道生荆棘豺狼伏其間小民皆畏懼更風

而膽寒。苛政猛於虎，生殺任所歡。言論不自由，民意為強姦。道險蕪政病，遺害豈萬端。不如杯在手，醉夢適所安。不聞人世事，不感行路難。昏昏醉與眠，何問日三竿。此意吾能悟，醉鄉天地寬。

歐冶子鑄劍處 並序

歐冶子鑄劍處在福建省垣冶山西有歐冶池
沿池種木芙蓉李師緒伊有詩云冶山雲霧
歇千年望氣令無張茂先躍出劍光花萬
朵碧瀨還與焠龍泉謹次其韻

清潭淬礪閱千年掩映寒光浮月先想
見化龍天際去流星點點濺飛泉

魏文帝典論
選蘇良金命

紙國工精而鍊之淬以清漳先似流星名曰飛泉

贈黃煥為二首

平生知己推山谷十載論交藉酒卮賦就老饕含口腹欣然不負客天涯（予常館鉄郎尉）索詩來報歲蹉跎祇為胸中磊磈多今日詩腸經鼓吹揮毫應帶笑東坡

詠月次觀如元均

板橋畫本竹千竿照影依稀思渺漫萬古不磨圓明鏡千秋長見走珠盤橫通銀漢披襟與人倚瓊樓仰面看最是夜深人靜後一杯相對到更殘

獨坐

獨坐生妄想山何法自然消閒主風月多見
識山川游及工真到運斤神更全讀書
無所用業智或超賢
客中書感兩律 用吳又韻
南艤北駕逐涼炎世態而今已化霑紅袖
佳人薄西子白頭醜婦愛無鹽玉藏石

裹真成璞錐處囊中立見吳趨世逃名
都不管稱心杯酒學陶潛
繼袁侍讀經詩範桃李無言爛若霞
銀燭紅燈花似海香輪寶馬趣盈車時
來不為龍蛇飄福至往令燕雀嗟可青
慊才騁吏部浮金分半壽劉又

歲莫書懷五首

一歲又將除欲留留不住行見春來臨春醪欣獨撫去日莫問之來日多佳趣適性自逍遙物我亦情懷寫意託微吟吟成長短句人或未能解我自有妙悟華髮散亂蕭然把年光度

俗子難與言可言唯有酒為告諸少年莫嫌
我老朽葉星跨南溟甘心猶逸叟近別署南溟逸叟
浮水畫蛟龍恥與競升斗
抬頭覺天高縱目知地大莽蒼盪胸襟
浩氣不屬吾筆造物太不公貴賤非所能轉
瞬心同歸高存乃永在莫放酒杯閒靜

觀世感懷

寄身萬物中，雖數塵不著。惟有拔俗韻，山谷詩：少有拔俗韻。超凡自潔後。心中絕罪業，胸次無哀樂。莊子曰：喜怒哀樂不入於胸次。偶於清夜酒，引觴而獨酌。此意知者誰，關情所有託。吾生長不辰，所處唯逆境。卅載擁皋比，生

涯太淡冷海外作寓公歷盡滄桑警疾惡後出仇狂言骨立餒清風明月豈不愧衾和影奇珍羅滿前碧香味家承碧香酒名見山谷詩

詠柑

尊前喜得傳黃柑風味何殊青荔帖讀右軍詩老坡俱言三百顆堪記右軍帖云奉橘三百顆霜未降

未可多得東坡詩曰日啖荔支三百顆不妨長作嶺南人

紅水仙花二首 次李師練伊元均

微步淩波踏九鴻霞帔翠帶斕雲烘料應一飲仙漿後綠綺丰姿醉頰紅學圃餘疏枸櫞圃有水仙樹樹腹中有水謂之仙漿飲者七日醉

盈盈極浦晚霞鋪鮮佩瑤京絕世無玉立

臨風仙子笑畧施脂粉倩花姑 花木録魏夫人弟子善種花稱花姑

新知

投荒萬里嶂支離滿此新知似故知此日相逢唯恨晚一杯成喜不成悲 韋蘇州詩此日相逢非舊日一杯成喜亦成悲

酒人

風雲意氣動乾坤，歲月消磨不復存。春鬚綠過秋鬢白，酒人無奈對金尊。

濁世

濁世太不堪我身，身竟爾溷世事亂紛紛，難下平心論。雖持總至公而有人生怨言。說出由衷總不計利鈍，惟賢與不肖相去不能寸。

孟子曰：賢不肖之相去，其間不能以寸。

一語道破的何必多千萬

禍福篇示諸兒女

不材之木幸免禍不材之人多得福禍乎福乎幸諸天為避強梁為窮盡我生自覺也有材聰明未用笑幽獨有如白璧藏名山萬年不琢是真璞也試牛刀露鋒鋩必自鈎心兼鬥角以此

始人生妒忌加以暗算遭荼毒不見禍來禍先至事實證明光若燭古往今來成敗者史冊赫然入我目學究天人亦清耳時來誰能與角逐要知弢晦斂其光無爭無奪自潛伏古訓明哲能保身不辱端在能知足今我已成為老朽膝前還把我書讀

春興二首 次山谷游東園均

一春復來臨，纏綿維酒病。放眼張園林，紅綠滿三徑。魚鳥來相識，各自悅其性。人置繁華中，身閒心自靜。

春來萬物榮，天地有清氣。鼻觀入花香，有味似無味。我愛初生兒，活活潑潑地。一切本天真

理智具深至

照陸社長次坡公贈鄧聖求七古寄懷次韻

奉酬

緯幃一枝醉綠醽刺桐城裏桃李栽棠旗
鼓主壇坫羣推今日之歐極鑾虎引領頸
結想瞻彼霧光狀崔嵬竊附劉伶頌酒德

壘麴欲築糟丘臺又丟李白發狂歌飲着
石肯晨塵埃糢糊醉眼忽張放變幻風雲
千萬雄平生豪氣欲吞江笑對峨江江作壘
安得淵明同入座此身飛傍彭澤還憶管天
南倡風雅疇經十載證參菩誰使風流更
雲散餘得幾回笑口開不堪腹痛過黃

壚孤山零落羽玲摧（同社林少華、龔侶庭二君均謝世）春來應有龍蛇起一張聲氣動風雷銅琶鐵板大江東松菊猶存歸去來祗今曠劫重生後（宅公句）獨立蒼茫賦七哀

贈維通

吾宗俊彥少能文瀟灑胸襟迥不群猶

有豪情堪共語一尊相對到微醺

龍燈次韻炯文韻

入耳鼓聲鼕通衢駕燭龍春臺光炯炯
盛世響喝喝驤首騰煙霧奮鬚肅氣容
風生人海震拔地似雲從

次韻蒼植將歸留別四律

我滯鷺島十一秋沈酣天地伍嵇劉黄花名
酒陶公樂香草美人屈子愁骨相正非禪
榻佛頭銜合署醉鄉侯平生絕不因人熱
去與人同風氣休
臨別銷魂一黯然況同文字結因緣腦筋
堪免冬烘老情緒何如夏熱煎放眼塵寰

多俗物側身大宙少人憐飄零自分例應
詩搔首無端欲問天
倦游有客別天南置酒相邀飲到酣情話
不妨過君半歸舟家好是春三三譬鄉花
悵堪留戀國事蜩螗莫與談行李一一肩半
詩囊名山後葉豈非甘

同是天涯歷劫身此身猶在未長貧蕭疏
白髮纔知老風雨青燈寂可親不有陰符
資國策尚餘心血作詩人遥瞻前路衡門
玉快引華鶴伴海珍
居東已久而不覺遥望江閩未能去
懷因次坡公答錢穆父韻以寄意

讀書無多可充棟握管積年禿筆纍少年不上青雲路其大無能縱飛鞚極目江關涕淚俱慨深雞柳黍離痛救急何必學長術白金無用為化泉善哉子雲言得宜治亂之間要若鳳（陳黯詰鳳文揚雄云君子在治若鳳在亂若鳳謂隱見得宜也）展也十載自彷徨胷無芥蒂吞雲夢之意氣殺如江

金石壁畫似雲道義重一生所好唯有

酒樽前花月供吟送心聲譜出成文章

未須雕琢情乎動我行自然似老莊紛紛

餘子任嘲弄

送友梅乘飛機歸國

海外覓交道義存今朝送別可無言離愁

化作飛雲起縹緲隨君到故園

春滿格致舞場感作二絕

鐙紅酒緑正當前鸞舞鸞歌覺自然猶
記十年前影事醉攜紅袖並香肩
紅袖青衫艷綺羅銷魂一曲雪兒歌相逢
今昔花如海莫負青春喚奈何

懷人絕句

伊劉前身太白翁細於詩律老於文鷺江

文獻羅胸淵史筆千秋並古芸（李師繡伊師與黃仲荆同日生近主修廈門志）

冠絕閩南老畫師何人抗手與爭衡（石濤）

八大諸靈鬼窟底驅來聽所為（吳君石卿君擬石濤）

八大拙祇似也

題畫鶴小景

風度翩翩正少年，撑腸文字卷三千。氍毹場上新聲唱，響遏行雲入管弦。（君擅唱平劇）

歸期寄內

結髮為夫婦，伉儷如賓友。竟為飢所驅，投

羈為客久歷劫閱滄桑千奇百怪有倏忽
十一年青絲換白首歸期已有期臘月須記取
屈指兩月餘家園來坐守入室叙離悰盈
尊有美酒開來應多味老境長富受精
瞬即春來東風吹戶牖兒女笑鐙前不
覺光陰走

婚嫁

男大正當婚
女大亦當嫁
我有六兒女婚嫁
時來乍向平願欲酬
一生事宜大綢繆
費苦思白日繼以夜
自笑為馬牛
勞碌如推磨驢
養快眼前回甘味啖蔗

少年游

天高氣爽試新衣，車水馬龍去如飛。少年歡笑貪遊劇，千金不惜為結客。金纏曲高遏停雲，虹霓鐙暎妒榴裠。酒闌鐙灺歌舞罷，扶醉歸來不知夜。

參觀兒童嘉年華會感作 並序

菲島馬尼剌市向年耶穌誕辰前後就

廣場布置各種游藝及商品展覽先期并徵選名媛爲花后列陣遊行華僑亦有參加名曰嘉年華會會約兩星期參觀者絡繹不絕洵盛舉也自一九三七年後即廢今年已再籌備盛大舉行邀請各國參加而兒童嘉年華會先於十二月中旬

開幕矣

鑾邦首都看花簇人自摩肩車擊轂囂

歷萬丈滾滾來蜂蝶成群競逗遛五光十

色眩生花電掣風馳塞起粟堪嗤戲法

工夫麤麤未盡鉤心鬭角窈窕妙女歌悠

揚溪靡靡聲非鈞天樂劫餘焦土才復興已

念飢饉誇食肉粉飾強為慶昇平兒戲何
知禍與福歡場誰為念流離夜遊不妨柔
高燭中原戰鼓正喧天血盈城野驚心目蒼
生輾轉溝壑中忍令回首輒痛哭歸來
把筆忽徬徨心聲和淚不自覺

後語

晉江鄭華民

蘇先生二菴，旅菲名詩人，聲華籍甚，與予同旅岷江，同住一廛，叨蒙垂青，結忘年交。晨夕過從，敲詩論文，意志相投，縱談歡洽。

己亥年倡組菲律濱籍社，先生膺任

首屆社長，設立社所，每週恆有集會，衆議更密，獲益匪尠。詎料先生於乙巳年纔逾古稀，遽歸道山，星沉海嶠，各方哀悼。

遺著有曠劫集、離憂集、新生集、吟望集、聞雞集、懷歸集、待旦集、稀齡集等十餘冊，詩數千首，洋洋大觀。吟壇先進暨籟社社友，有刊行遺集之議，屬予甄選付梓。自維菲材肩此重任，深知力有未逮，況在報社及學校任職，事務叢脞，日苦餘晷，更兼數千首詩中，佳作如林，艱於取舍。藉延玉令，迄已星霜一紀，内疚良深。爰決定以先生親自編纂「曠劫集」全冊，景印付梓，以紀念逝世十二週年。剞劂之日，謹綴數語，藉申歉意，而志哀思。

丁巳詩人節前寫於岷江怡軒

同文書庫·厦門文獻系列

第一輯

壹　小蘭雪堂詩集
貳　固哉叟詩集　寄傲山房詩鈔
叁　紅蘭館詩鈔
肆　寄傲山館詞稿　壺天吟
伍　林菽莊先生詩稿
陸　夢梅花館詩鈔
柒　寶瓠齋襍稿（外三種）
捌　甲子雜詩合刊　菲島雜詩　海外集
玖　稚華詩稿
拾　同聲集

第二輯

壹　賦月山房尺牘
貳　禾山詩鈔
叁　揮麈拾遺
肆　頑石山房筆記　紫燕金魚室筆記
伍　臥雲樓筆記
陸　止園詩集　鐵菴詩存
柒　陳丹初先生遺稿（外一種）
捌　繡鐵盦叢集　繡鐵盦聯話
玖　二菴手札
拾　虛白樓詩

同文書庫·廈門文獻系列

第三輯